ソノヒト
カヘラズ

南椌椌
Minami Kuu Kuu

七月堂

詩集　ソノヒトカヘラズ　目次

詩集

ソノヒトカヘラズ

ソノヒトカヘラズ Ⅰ

この手のひらの小さな骨
秋深く、武蔵関公園の池に墜ちた
ゴイサギのサーギの脛骨だ
泥にまみれ　白く干からび
やぶにからまれ転がっていた
とぼとぼ歩くな、足うらをしっかと踏み込め
緑の藻くずで濁った池のほとり
いつかサーギが飛び立ち際に
ぶっきらぼうにこうつぶやいた
踏み込むんだ！　足うらだ！

ふたつの空ぶらんこが揺れている
ナンテン、センリョウ　赤い実
季節外れのメキシコセージ　青い花

離れて泳ぐ　家族のカイツブリ
ゆめうつつにある時間
ゴイサギが飛び立つ日の
春の門　ひと眠り夏　また秋の門

サーギはどうして墜ちたのだろう
そっぽを向いてぼくを諌めていた
老い先のない孤独な族長のようだった
いつからか　ざんばらの羽がこわばり
朽ちた杭の上でまんじりともせず
生きることに永いこと飽いている
気には留めていたのだが　それだけ
銀杏の実が匂うその夜
サーギの脛骨を両手でくるみ
新月の尻尾にサーギの係累を見て
公園の池のめぐりをひとまわりした
そしてふと　ソノヒトのことを思った

ソノヒトはいつも黒づくめ
そっけなく、かなしみをたしなみ
カメラにぶら下がって
踊り子を四十年撮り続けていたが
とんと稼ぎには無縁だった
小さな劇場の左隅にそっと席をとり
数少ないシャッター音で
無数以上の写真を遺した
闇と光のあわいを夢幻往還して
現像液からゆらゆら立ち上がる
踊り子のかたち、ソノヒトの指先
そう！　それっ！
５００ページの写真集に刻印された
笠井叡（かさいあきら）・天使的アナキズムの無常
まさに舞踏の絶景だった

✢

3 11からほどなく、津波の浜に行った
小学生のソノヒトがひとり
三時間休まず自転車を漕いで
ただの石ころや化石らしきカケラ
幼いソノヒトの　機微に触れるもの
空き缶に集めては走りに走った
帰りは夕暮れ　もう子供の時間じゃない
いつも妹に叱られたという

ソノヒト　ピースライト燻らして
棒のように立って何を見ていたのか
なぜか近寄れなかった　サーギのようだった
放縦な生き方をしたというわけではなかったが
酔うと誰彼なしに　アイラブユーだぜ！
女の家で男の家で　アイラブユーだぜ！

猫背に身をかがめた寂寥が
カレーひとさじ食べては
滝のように汗をかいている
この世紀の疫病も戦乱も
キミにはまだ届いてなかったね
そしてそのまま風呂でゆらゆら、死んだ
杭一本のサーギならどう思ったか
たましひなんて　そのときはけむりです

そう！　それっ！
なつかしいサーギと
ソノヒトのことを思った

ソノヒトは、舞踏写真を40年撮り続けた写真家・神山貞次郎。1948年花巻市に生まれ、高校卒業まで仙台市に住んだ。2013年12月26日、友人宅の風呂で酔いにまぎれ、昇天。享年65歳だった。没後、写真集『I Love BUTOH!』が現代書館より刊行された。

ソノヒトカヘラズ Ⅱ

ソノヒトのこと
ミエナイヒトだが　たぶん
痩せて背が高くおとぼけで
くさめしてテーゲー屁もこくさ
カールした髪も性格も天然
ソノヒトが誰だか誰も知らない

墓地の入り口、素っ気ない茶屋で
ソノヒトの形と骸（むくろ）を読む
ざら紙に鉛筆３Ｂほどのかすれ
ゆるい速度で天然の日常が浮かんでくる
ソノヒトは雲を見るのが好き
お酒と夕暮と銭湯が大好き
会社のひきだしには天使を飼っている

あ、また天使に餌やってるね
同僚みんなが知っているさ

酔っぱらって　飲み屋の止まり木から
天使をつかみそこねて転げ落ち
初冬のでんぐり坂を　でんぐりしながら
馴染みの辨天湯にたどり着き
脱衣所で顔見知りと二言三言
ぐるりを　ぐるりと見回し
じゃあ失敬！　と言って
みずから天使になって昇天していったそうだ
遺されたソノヒトの3B文字を
夢と知らず　ぼくはすべて読んだよ

ソノヒトカヘラズ Ⅲ

もうひとりソノヒトの友
人生の風波に絶妙のバランスでよろめき
女神恵那久(めがみえなく)なるまで酒を飲んだ
児戯の人　孫想森(ソンサンサム)のことを思う
厄年になったことを気にして
マッコリの酒粕を朝晩しゃぶっていた
想森(サンサム)の生まれた村では
厄年はマッコリの酒粕が
追いはらってくれる
迷信をたやすく信じる男なんだ

サンダル突っかけ出かけたまま
幾日も村の酒場に突っ伏して飲んでいた
韓くにの土塀の温突(おんどる)酒場でも

ヒノモトの漆喰蕎麦屋でも
詩人なんて　泥舟に乗りたがる子ども
悲しいようだ寂しいようだ
還暦だからと　にんまりこっくり
さよならアンニョンと死んでいった
女たちには沢山愛されたそうだ

太初の記憶が雲のように
浮かんでは消える
いつものように　はらはらと
空から苹果(りんご)の絵が舞いおりて
もう黄昏時じゃないだろうか
墓地の入り口は閉じられ
茶屋の女将はいい塩梅にうたた寝

死人たちは安心して
放埒なことを繰り返しながら

純白の糸を吐き出している
次に生まれるまでのわずかな時間
さなぎになっているのだという

女神恵那久（めがみえなく）なるまで酒を飲む＝幸福な飲み方かどうかはわからない。

ソノヒトカヘラズ Ⅳ

ソノヒト　イワサヒサヤ
ホントとハテナの透明境界を
得意の微苦笑で往きつ戻りつ
　ねじ式映画〜私は女優？〜
　叛軍No.1〜No.4
　眠れ蜜
可笑しみの映画を作ったものだ
一九三四年奈良の生まれ　銀髪の映画人（シネアスト）

ヒマラヤ麓のチベット難民キャンプを
僕たちは何度も旅して回った
チベットの少年の映画を作ろう
老監督のシナリオのない　夢の旅

ダラムサラ、ダライ・ラマと亡命政府の町
チベット本土からの難民が住む
インド北部ヒマーチャル・プラデーシュ州
標高1800メートル　気候は温暖で過ごしやすい
赤い僧服を着たチベット僧が闊歩している

ダラムサラのチベット子供村で
十歳の少年オロと出会った
チベット自治区四川省・タウで生まれ
遊牧の民の子として
幼い時からヤクや羊の世話をして
母と別れたのが六歳の時だった
亡命請負人（ガイド）に置き去りにされ
チベット人食堂に拾われ
ヒマラヤを越え、ネパールにたどり着くまでの
苛烈で孤独な日々を淡々と語るオロ

危うい交情が一本の映画になった
五人だけの妖しげな活動写真隊だが
ソノヒト　イワサさんは
カメラマンの後ろで手を組んで
遊びをせんとや　ヨシッ！
戯れせんとや　ヨシッ！
オロは映画の子どもになった

✢

聖山マチャプチャレが霞んでいる
ポカラのチベット村での「オロ」上映会
タルチョはためく礼拝堂は
マニ車を回し、観音菩薩の真言を唱える
亡命者たちの家族で溢れている
だが、不安定な電気はいつものこと
映画はとぎれとぎれ　そして中止になった
アマラたちのマニ車は回り続け

空は晴れて凸凹(でこぼこ)路は雨に濡れ
星が無数に墜ちていた
ソノヒト　イワサさんの
微苦笑はやがて哄笑の渦になった

✢

ポカラからインド・ダラムサラへ続く
ウルトラドライブは三日に渡った
深い底なしの闇、朝の玄妙な光、まさに久遠
しかし事故は起きる前方大渋滞の一本道
時が止まったまま微動だにしない
ドライバーはアワラクタ・テューティ
野良犬のタテガミという名前
腕組してしばし黙考する、厚い胸板
アワラクタ青年に天啓が降りたのか
天竺皀莢(てんじくさいかち)の黄金が咲き乱れる
呆れるほど　永遠の農道を

カーチェイスさながら突っ走った

✢

それから三ヶ月後
ミヤギ・オオカワラで
親しみのオロ上映会があった
酒はダメなソノヒト
記憶のおもちゃ箱からあふれる
手品師の話術に酔って酔わせて
微苦笑をかさねまくった

そして覚めやらぬ真夜中のこと
不意にひとつふたつ螺旋を描いて
天国に昇っていってしまった

こう言うしかなかった
それはないよ、イワサさん

最後の冗句だというのか
もっと旅して、ホントでもハテナでもいい
絶品の微苦笑、転がしてほしかった

岩佐寿弥監督の『オロ』は2012年夏、ユーロスペースを皮切りに全国公開された。オロの故郷・タウは中国の侵略後は四川省カンゼ・チベット族自治州に属している。タルチョはチベット仏教の五行五色の祈りの旗。マニ車は印刷された真言を回転させる仏具。どちらもチベット人必須のアイテム。アマラはチベット語で母の意味。

天国と地獄
——2011年2月の清水昶

なぁ南さんよ
地獄ってどこにあると思う?
地獄ですか
あの横断歩道あたりじゃないですか
清水昶は横断歩道を渡るのが怖くて
信号が青くなっても見送ってしまうことがある

横断歩道が地獄か
ずいぶん具体的だね
じゃあ天国はどこだい?

天国ですか

そう、ここのベンチじゃないかな

清水昶は天気がよければ
毎日三時間をこのベンチで過ごす
足を地面から数センチあげて
首の後ろに両手をまわし
これも7センチくらい前後に動かして
100ずつ数えて10回
少しは腹筋背筋の鍛錬になっているのだろう
つまり千のストレッチである

ストレッチの前後に
日本酒ワンカップ2〜3本、たばこを7〜8本たしなむ

これが清水昶の天国の日常だ
ボクはこの天国を時々訪れる

昶さん、冬のけやきはきれいですね
ああきれいだ、女学生もまあまあきれいだろ
だがな南さんよ、人類は滅びるんだよ
滅亡だよもうすぐだ

吉祥寺成蹊大学の正門へ向かうけやき並木
清水昶の天国は地獄から30メートル
天国で語られる滅亡のはなしは
菜の花も笑う情景である

南さんよ、みんな死んでゆくよ
なんでなんだ?
人生茫々だ、例外なく死んでゆく

大寒や真水のごとく友逝けり

ボクの好きな昶さんの一句だ

血液の半分はたぶんアルコールだけど
昶さんも実は真水のような人だ

清水昶は比類なきボクの詩人
でも実のところはわからない
きのうは自分のこと
マザー・テレサだって言ってた

きょうもこれから天国を訪ねようと思う

清水昶(しみずあきら)　1940～2011、戦後日本を代表する詩人のひとり。主な詩集に『少年』『朝の道』『野の舟』などがある。晩年の十年ほどは、吉祥寺の蕎麦店「中清」の右奥を定席として、三万句に及ぶ俳句を書き続け、没後、七月堂より『俳句航海日誌』が刊行された。

空の散歩
——羽毛のように

亡くなるちょっと前のこと
母は羽毛のように軽くなって
縁側にちょこんとすわって
せつ子さんに髪を短く刈ってもらい
鏡を見て　かわいいねと笑い
遠くを仰ぐようなまなざしで
ぼくたち家族をゆっくり見回したんだ

そして小春日和の　ほのかな空気のなかを
なんだか　紙風船のように浮かんで
素敵に色づいた紅葉の木をめぐって
見えなくなるまで
空の散歩を楽しんでいた

母は桃の花が大好きで
夏みかんをきれいに剥くのが上手だった
母のごはんは誰より美味しかった
小さくてさびしげで　柔らかくて
ひらがなのような人だった

母は小学校しか行かなかったが
本を読むのが好きだった
母は自転車に乗れなかったし
泳いだこともなかっただろう

晋州（チンジュ）から来た男と出会い

朝はやくから夜遅くまで仕事して
そしてときどき歌を詠んでいた
その歌には父が故国に遺してきた

さいしょの奥さんと
絞るような痛みを分かちあう歌もあった
かなしかったそのうたは

ふと思うことがある
あの日　小春日和の縁側から
空の散歩に出かけたままだったら
紙に書かれた歌のままで
羽毛のように軽いままで

晋州は韓国慶尚南道の古い都市、父の故郷である。

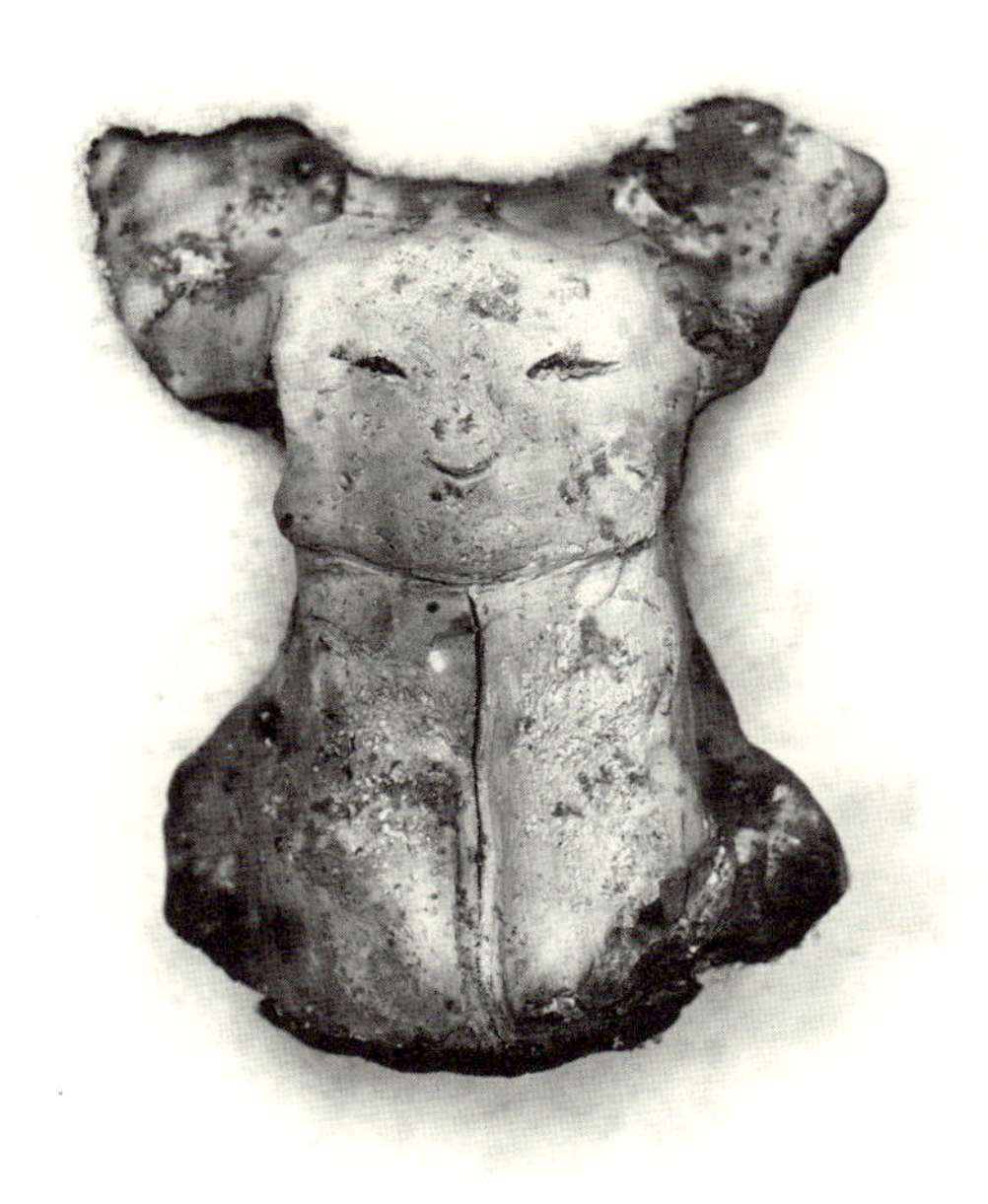

アンモナイトの見た夢

そしてまた　千日が過ぎて
アンモナイトの見た夢
どこかで誰かがつぶやいた
大仰だな　数億年の古層に
降りそそいだ夢のことなんて
土と火と灰の渦まくダンス！
炎上の窯はもうひとつの燃える天体
帰って来なかったソノヒトの
一挙手一投足がくりかえし
オーロラダンスを踊っている
思い出さないわけにはいかない
アンモナイトの反時計回りの螺旋

✣

鼻の形が美しい反ダダの詩人と
鼻のつぶれた老ボクサーが
地中海の夏のジュラの幻影のなか
浮遊する玉虫色の
巨大巻貝に嚥みこまれ
永遠をありがとう　黄昏をありがとう
殴り合い　絡み合い　睦み合い
そして　いつか来る　さようなら
白い絹の言葉を吐き続けていた

✢

日帰り小舟が停まるデロス島の船着場
粗末な小屋に泊めてもらった翌朝
黒光りする石窯で　パンを焼く
草臥（くたび）れた影絵のような老夫婦
哀歌（エレジア）だったのか　笑話（コント）だったのか
歌うように　絶えず呟いている

八月の太陽は容赦ないが
五頭の獅子たちは身じろぎもしない

アポロンが生まれたというこの島で
ピレウスから帰還した次男は
腰巻きひとつ半裸の含羞の男
挨拶は　目くばせひとつだった
コツコツと岩を削り
太陽が傾いて沈むまで
残酷に素朴なアポロン像を
ささやかな　ドラクマに替える

デロス島はアポロンとアルテミス兄妹生誕の地。アポロン神殿を護るように立つ五頭の獅子像はレプリカだったが、印象は揺るぎなかった。

ドラクマはギリシャの旧通過単位、２００２年のユーロ導入後廃止された。

失敗の仙人と木喰さん

久しぶりに身辺が謎めいている
郵便ポストに　待ち人の手紙が入ってこない
携帯もパソコンも持たない
失敗の仙人こと　ノ・サンヨンから
定期便のようなハガキや封書が
このところとんと　届いていない
ささいなことだが　これは不吉の兆候だな
サンヨンは遠い北の山中雲間に住んでいる
病気でもしたのか　雲から墜ちたか
仙人、またなにか失敗をしでかしたか
こちらから　切手を選んで封書を送った
二週間経って返事がなかったら
この謎めきは　不吉の図星が当たったことになる

いやいやたぶんこうだろう
サンヨンは雲の上でパンソリ歌っている
彼のパンソリは無上の響きだ

ひがないちにち　へんげんむげん
くものながれに　たゆたいおぼれ
またさおさして　ぱんそりうたう

✢

コロナの不安は日々の衣装だな
今日も謎めきは揺れて
机の上では木喰上人が笑っている
ピンナップは木喰さんだ
右目つぶってウィンク　頬のまるさ
だれそれの喜捨で
季節またいで食いつないだか
ひたすら山野をわけて

人の住む村から村を回ったひじり

タモの枯木の皮剥いで
仏さん　まるい笑顔を彫り込んで
椎の実すりつぶしたズタ袋
頭上に載せて　風見て歩く
昔のことだ　疫病祈願はつねのこと
哀しみの連鎖を見て歩いただろう
木喰さん　むなしさをどう慰めていたのか

100年さらっと　円空さんとすれ違ったか
仏師もヒジリも　休みやすみが肝心だ
浅瀬の温泉に足をひたし
煙管吹かしてチベットの方を見ている
するとあろうかことか
雪の国(チベット)からの老若僧侶が
遠い眼差しで二人、三人通り過ぎる

赤い裳裾ひるがえして
天と地を踏み　何処へゆくのだろう
木喰さんの　片耳のおくそこに
いつしか国を失う　僧侶の
真言（オムマニペメフン）だけがのこった

失敗の仙人＝この国では浮世離れした還俗の人をこう呼ぶことがある。
パンソリは韓国の伝統的な語りと唱の芸能。
オムマニペメフン＝チベット仏教における観音菩薩の真言。
木喰上人について、あれこれ妄想するのが好き。

百済の桃

おぼろ豆腐を買いに
隣町の新しい生協へ行った
覚えたての純豆腐（スントゥブ）を作るためだ

道に迷い大きく迂回して
自転車は生協に着いた
店内をぶらりと巡ると
まばらな客がみな俯いている
すこし不安になったが
店内をぶつぶつとひとめぐりした

おぼろ豆腐ふたつ買って外に出ると
夏の夕方だというのに　空はまっ暗で
いまにも夕立が降りそうだ

小走りで自転車を取りに行くと
鍵をかけ忘れた自転車は
案の定盗まれていて
歩くしか算段はない
歩くのは慣れているが
このあたりには慣れてない

雷鳴を恐れた猫が
低すぎる姿勢で消えてゆく

ややあって大粒の雨が降りだした
雨宿りせねばならぬ
遠くで響いていた雷鳴が
今ではすぐ頭上で鳴っている
ついてないなあどうしよう
生協まで戻って傘捜してみるか

濡れねずみの手前で戻った生協は
あろうことかもう閉まっていて
いちめんに人影もない

不安な生協の軒をかりて待つしかない
やがてふしぎなことだが
薄い緞帳らしきものが
目の前に下りてくる
雨のカーテンなどではないな
こういうのは決して苦手ではない
夕立が去るまでの辛抱だと目をつむる

目をつむって目を開けば
あたりはすこしづつ明るくなりはじめ
なにやら白っぽい人影がゆらめいている
妙だなおかしいなと思って

目を凝らしてみると

そこは　古えの百済の都の野天の市場で
耳には親しいが意味のわからぬ
古代半島のことばが賑やかだ

野天の市場では
さまざまな露店が開き
人々は頭上にものをのせて行き交い
おぼろ豆腐をもって
ぽつねんとしている異邦の男などには
だれひとり目もくれぬのだ
玄妙ではないか

これは夢なのか　書かれた文字なのか
訝るほかはないのだが
ふと見ると

長い髪を無造作にたばねた女が
こちらを見ている
女は美しい仕草で桃を買えという
塔のようにまっすぐに立っている桃を指差して
あらがえぬ方法で手招きするのだ

十の桃をひとつづつ重ねて一本の塔にして
桃を売るのなど見たことも聞いたこともない
危ういではないか
もとより桃は　最愛の果実
いにしえの百済の都で桃を買うという経験は
これを逃したら二度とはあるまい

モ　モ　フ　タ　ツ
わが母国語を声にだす
女はたちどころに理解して
ふたつの桃をさしだすのだ

はて、払いはどうすればよいのか
持っていたおぼろ豆腐をひとつさしだすと
百済の女は　ふたつほしいというまなざしで
もうひとつのおぼろ豆腐を正直に見ている

ぶつぶつ交換にしてはやや分が悪いが
百済の桃の誘惑には勝てるはずもない
百済の女はしなやかな手つきで
ふたつの桃を
つる草を編んだ百済のふくろに入れ
おまけだといって
きなこ飴もふたつつけてくれた

きなこ飴をしゃぶりながら
ふしぎな百済ことばの渦を身にまとい
やはり玄妙なことだ　面妖というべきか
生なりの装束の白っぽい人々のたたずまいに

われを忘れていると
つめたい風が一陣また一陣
百済の都にもいきなりの夕立が襲ってくる
百済ことばで夕立はなんというのか
市場の白っぽい人々はあれというまに
そこかしこ足早に消えてゆく

桃売りの女も　手のひらに盛った
一塊のおぼろ豆腐を
上手に口のなかに放り込むと
黄ばんだ行李をかかえて
西のほうへ消えていった
忘れがたい百済の夏の光景である

さてこれからどうすればよいのか
考えるまでもないことだった
ふたつの桃をかかえたまま

濡れるにまかせ
帰るしかないではないか

口のなかのきなこ飴のざらざらが
幸せなほどになつかしかった

韓国全州の市場で、桃を塔のようにして売っているのを見たことがある。

柿の木

柿の木、とでもいえようか。
哀しい夕焼け色に熟れてゆく
わたしの心の、愛の実の生る木は！

姜晶中訳『韓国現代詩集』（土曜美術社）所収

朴在森（パクジェサム）の「恨（ハン）」という詩
一九八七年、このアンソロジー刊行当時から
さりげない語り口が心にのこり
いまも折にふれて読みなおす詩

そこには理由がある
一九六九年、関釜フェリーで　はじめて韓国を訪れ
ハングルと歴史の初級を学び

めまいのようなひと月の後
迎えに来た父と、はじめての飛行機に乗り
父の生家に行った日のこと
親戚たちの果てしない歓待に疲れ
少しだけ近辺を散歩した
低い山がちの村の崩れたような韓屋
痩せた牛が寂しげな目を向けて
口をもごもご、よだれを垂らしていた

ゆるい山道を数分歩くと
青い空に一本の柿の木があり
少し黄みがかった実が生っていた
それは日本で見慣れた柿の木そのもの
ああ、おやじはここで生まれたのか
この柿の木に見守られて育ち
あの時代の思春期を悶々と過ごしたのか
思いもよらない悲しみの感情が

胸にあふれてきた

その木が存分に枝をひろげるところは
どうやら、あの世のほかがないようで
それにまたその木は、わたしの思う人の背中に寄り添うようにして伸びて、
しまいには
その人の頭のあたりから心ゆくまで枝をたわませようとする様子だが。

朴在森はその柿の木が、あの世に先立った思い人の背中から
頭を超えて枝をひろげているのを幻視する
そこに、遂げることとの出来なかった
はかない悔恨の情がある

僕がおやじの生家の裏山で見た柿の木にも
朴在森の思いに通ずる
この世に在ることの寂しさがあった
里山に立つ柿の木にはそんな風情があったのだ

この詩を読んでほどなく
山田せつ子のソウル公演の折り
舞踊家キムメジャ氏から
だれか会いたい人はいないかと聞かれ
朴在森さんに会ってみたいとお願いした
期待はしていなかったが
在森詩人は翌日の公演にいらしてくれた
一九三三年東京郊外の稲城村で生まれた詩人は
体調がすぐれないのか　お酒も飲まず
「僕の日本語はばらばらですまないが
何故あなたは僕に会いたいと言うのですか」と訝しげだった
「姜晶中さんの訳された詩集を読み、惹かれていました」
在森さんは、恥ずかしそうに笑っていた

いうなれば、その実の色合いだが
前世のわたしの悲しみのすべて、望みのすべてでもあることを気づくには、気づいてくれるか　どうか！
いや、その人もこの世を
悲しみながら生きていたのか　どうか！
それがわからない、それがわからない。

不思議な終章だと思う
柿の木の枯れ枝の一本が
所在なくぶら下がって揺れている
「それがわからない、それがわからない」
こんな一行で詩を止めるなんて

一九九七年に亡くなった在森さん
あの世で存分に枝をひろげた柿の木の下で
わからないことのこたえが見つかりましたか

朴在森　Park JaeSam　―　1933年、東京府下稲城村で生まれる。帰国後、母の故郷、慶尚南道三千浦に居住し、高麗大学の国文科で詩作に励む。韓国抒情詩の陰影の伝統に、日常生活の哀歓をこめた詩人として高く評価され、多くの文学賞を受賞。詩集に『春香の心』『陽射しの中で』『千年の月』など。1997年死去。

翻訳・姜晶中　Kang JeongJung　―　1939年、全羅南道求礼に生まれ、1970年代初頭より日本に滞在、竹久昌夫という筆名で詩作、紫陽社より詩集『針子の唄』、『月の足』を刊行。日本語訳『韓国現代詩集』で大韓民国文学賞を受賞。2001年、猛暑の中、東京でひとり死去。骨になって30年ぶりに故国へ帰った。いつも電話口で「ナムさ～ん、詩を書きなさ～い！」と言ってくださった言葉、耳に残っている。

土偶の家族

その村は
黄昏の底深く
いちまいのやなぎの葉の形に横たわり
大樹の根っこのように
頑固なとぼけものの
一頭の牛のたましいと
とし古りて静かに傾く
書堂（ソダン）の屋根の曲線がやがて
絶妙の出会いをむすび
手に手をとって天にむかうあたり
僕の父は生まれたのだ

慶尚南道晋陽郡晋城面大寺里
きょんさんなむど　ちにゃんぐん

ちんさんみょん　てっさり

やなぎの葉の形の
うららかな忘却の
この国に無数の　ピエタの村
無窮花（ムグンファ）とレンギョウと唐辛子
見えないひかりの歌をうたわせる
僕の父の村

そのとき
僕のもうひとつの柔らかい半身
手のひらのふくらみ
透きとおる桃のまんまのかたち
母は小さな胎児だった

東京府南葛飾郡吾嬬町亀戸壱番地
あたりまえのように

つつましく粗末な家で
母は小さな胎児だったのだ

忘却こそが憧れと等価である
そんな悲惨な世紀のただなかに
誰がくれたこのかたち
越えるべきは歴史なのか海なのか
ねじ切り取られ、繰り返される
悲嘆と哄笑のものがたり
それがすべてだとして
この燦燦たる夏の光は
ぼくたち万古の係累を経て
何処へむかうというのだろう

僕は思う
おそらく僕たちは
土偶の家族なのかもしれない

永遠という
ささやかな宇宙的一瞬のために
生まれて死んだ
ただやさしいだけの神の棲む
草ぼうぼうの　土まんじゅうの片隅に
そっと置かれた

僕のげんこつほどの土偶たち

書堂（ソダン）、朝鮮時代から植民地時代、半島各地にあった私塾のような教育機関。父はここで千字文を学んだ。無窮花（ムグンファ）は木槿（むくげ）の韓国名。落花しても落花しても咲き続けることから、無窮の花と称されている。韓国の国花でもある。

牛は時々泳ぐ

テッサリの村が
砕かれた宝石のように
悲しみに彩られた　歴史を辿ったことは
事実に違いないが

そのことを笑って語らない
父のために（僕のために）
テッサリの村を美しく蛇行する
黄土いろのソナム川を
悠々と　時々泳ぐ牛について
話してみたい

どの家も一頭の牛を飼っている
父の国の貧しい田舎

つまりテッサリのような村では
奇妙にとぼけた牛がいて

満月の夜に虎の親子を見ると
ながく低く終わりなく
ホーホー　笑いつづける

最初に氷のはった寒い夜
村の道という道に
暖かい饅頭をふんぱつして歩く

ただ恋するために生まれてきたように
いつもほんのり赤い顔して
不器用な手つきであやとりする

それらの牛に混ざって
草を噛むことさえ忘れ

もんもんとひねもす夢見ては
村の長老のとめるのも聞かず
七夕の夕べをえらび
最愛の桃の木にのぼっては墜ち
やがてふところに未生の桃を隠し
懐かしく死を受け入れる

テッサリの村では
それぞれの牛は、つまり不可避の
黄昏の歴史を背負って
とぼけた顔して
時々泳ぐしかないのであります

破調・イムジン河

真夜中三時半に目覚めてしまった
二度寝できないたちなので
イ・ランのイムジン河を聴いた
イ・ランのイムジン河はいいよ
ソウルで踊ったばかりの
せつ子さんのひとこと

雪の積もるイムジン河のほとりで
イ・ランがしずかな深々とした声と
抽象の絵のような手話で歌ってる
You tubeの映像の凛たるイ・ラン
「イムジン河水清く　とうとうと流る」
はじめてこの歌が好きになった

半世紀のむかし
フォークルが歌った頃から
この歌に感じていた　靄々（もやもや）が消えて
イムジン河がイムジン河として流れていた

二〇一七年四月のことだ
レンギョウの花も盛りを過ぎたころ
ときおり演習中の砲撃音が響く
三八度線ちかく、風景のどかな
京畿道坡州市汶山（キョンギドパジュシムンサン）に住む弟と
イムジン河に沿って車を走らせた
たしかに水は濁るではなく悠々と流れ
その流れの遠くないところが北の大地
水鳥自由に来たりてまた去る
ほとりに降りてイムジン河の水を掬った
四月の水はさほど冷たくはなく
柔らかかった

川べりの古びた韓屋（はんおく）の店に入り
名物という鯰（なまず）の鍋料理を食べた
日本で鯰料理は食べたことがない
言葉少なに流れるイムジン河で、砂や泥をかぶり
風采の上がらない鯰氏をどう料理するのか
たっぷりの芹、青菜とにんにくの効いた出汁で
鯰の靄々を覆い隠しているような鍋
鍋は大きく、あらというほどに高価だったが
やたら骨が多く、名物のわりに
そっけない味だった

いつもはよく喋る弟が
さっきから黙っている
イムジン河の北に思いを馳せているのか
なぜかと思ったら、鯰の小骨が
喉に刺さったという可笑しな始末で

よくやるようにご飯をぐっと飲み込んだら
そのうち小骨は取れたようだった

イムジン河がたどった
悲運の物語はよく知られている
心に響くまっすぐな言葉
メロディこそが詩であり
歌をめぐる諍いを諫めるように
万感こめて歌う歌手たちの抒情はるか
僕が感じていた靄々はそこにあるか
耳の根にのこる演習砲の音は生々しいが
僕にはさわれるようで　さわれない詩情

イ・ランは声と手話でさわっていた
しなやかでせつなくてかなしい
イムジン河水清く　滔々と流れていた

私が彼らを愛してると言いはじめた時から
人々はおかしなものを褒めはじめた
だから私が選択しない事柄について2回ずつ考えつづけた

イ・ラン「世界中の人々が私を憎みはじめた」より。

イ・ランの抑えながらも、抑えない
ストレートな語り歌に虚を突かれた
イ・ランの歌の多くにはチェリストの伴奏がつき
寄り添うような　呼吸音にも惹かれる
何曲か聴き、気がつくと外は明るくなっていた

いつもの朝の食事をして、せつ子さんがでかけたので
思い立ってu-nextで五十年ぶりに
浦山桐郎の『キューポラのある街』を見た
六十年代の北朝鮮帰還運動が描かれ
映画のなかでチョーセン　チョーセンと連呼されるのが

次元を超えて　なぜか新鮮だった

キューポラのある街が公開される
すこし前のことだろう
父親に連れられて埼玉の
朝鮮部落に行ったことがあった
はじめて京浜東北線に乗って降りたのは
キューポラのある街、川口だったかもしれない
キムチの匂いと道沿いに積まれた塵芥
土埃が舞っていた
見慣れぬ旗がたっていた
野放しの子豚をはじめて見た
座り込んで働くオモニ以外は人影もなく
侘びしく立ち並ぶバラックは
時が停まった異界のようで
小学生の僕の胸はしずかに動悸を打っていた
キューポラの煙突は残念ながら記憶にないが

父と同郷の親しい友人家族が
故郷ではない北に帰るのを
考え直すようにと、訪ねて行ったのだった

映画のモノクロ映像と少年たちの生態は
若きトリュフォーの映画のよう
頑固な鋳物職人東野英治郎はチョーセンを嫌い
娘のジュンは、チョーセンの娘ヨシエの友である

ジュンを演じた十五歳の
吉永小百合には魂を抜かれた
不良たちに犯されそうになったジュンが
公園の水道の蛇口に口をつけて
ぶるる　ぶるるっと、思い切り唇を洗う場面
小百合十五歳にして畢生の演技
ジュンの弟のガキ大将タカユキを演じた
少年・市川好郎もすでに名優だ

ヨシエの弟のサンちゃん
ひょうきんでこころやさしいサンキチが
タカユキとの約束で、伝書鳩を抱えて
新潟行きの列車に乗るくだりには泣けた
描かれているわけではないが
サンちゃんはきっと
北で生き延びているだろう

キューポラのある街に
エンドマークが出て
窓を開けると
金木犀が匂ってきた

ふと、花のいのちは甘いなあと思い
またイ・ランのイムジン河を聴いた

イ・ラン＝韓国のシンガー・ソングライター、作家、エッセイスト。アルバムに『オオカミが現れた』著書に『悲しくてかっこいい人』（呉永雅訳）『アヒル命名会議』（斎藤真理子訳）などがある。「イムジン河」原曲は作詞朴世永、作曲高宗漢による北朝鮮の歌曲だが、日本では松山猛訳詞＝加藤和彦編曲によって歌われることが多い。イ・ランの「イムジン河」はyoutubeで視聴できる。

スウィウヌカラ

スウィウヌカラ
オレのことをそう呼んでくれ
少年期の思い出の人

石狩の海に近い村で生まれ育ち
その事情はだれも知らなかったが
小学校四年生の夏から初冬
又三郎のように不思議な転校生として
僕たちの前にあらわれた
スウィウヌカラ　スウィウヌカラ

背は低いががっちり眉毛が太く
澄んだ眸は茶褐色で深かった
寡黙で静かな空気をまとっていた

ランドセルには　乾いた蕗の葉二枚
ひょうきんなワル餓鬼のジュンには
口笛朗々と吹いて聴かせていた
スウィウヌカラ

学校は休みがちだったが
いつとはなく給食のころになると
風のように桜の門を入ってくる
昼休みはどこかで寝転んで
午後の教室では食い入るように
先生のはなしを聞いていた
運動会の徒競走で
右腕をぐるぐる回しながら
コーナーを高速で走り抜けていた

月　クンネチュプ
クンネチュプ　月の夜のこと

グルグル　グルルン
校庭を自転車で走り回っていた
クンネチュプ　クンネチュプ

月の人　チュポルンクル
チュポルンクルポ　月の子ども

僕は仲良しのひとりだっただろう
哲学堂の隅々で遊び
夕暮れになると相撲をとった
ちび同士の四つ相撲だが
盤石の腰と強い下手ひねり
勝ったり負けたりの　おあいこだった
チュポルンクルポ　月の子ども

満月　チュプシカリの未明
家出した五年生のマッチによる失火から

僕たちの教室が燃え落ちたとき
すぐそばに住んでいた僕は
姉や弟と震えながら
桜の門に隠れるように立ち竦んでいた
凄まじい火柱が吠え立て
昨日までの教室が崩れ落ちた

呆然と立つ人の群れのなかに
泣きじゃくりへたり込む
悪ガキのジュンの姿が見えた
するとスウィウヌカラが
ジュンのそばに駆け寄って
同じ形でうずくまり
ジュンのセーターの袖をぎゅっと掴み
ふたりして燃えさかる校舎を　見つめていた
胸が締め付けられるようだった
炎の残照がふたりを赤く染めて

神々しいという言葉が降ってきた

そしてほどなく
スウィウヌカラ　アンロー
また会おう、また会おう
乾いた蕗の葉に一行置いて
北の海の村に還って行った

スウィウヌカラ

アイヌの言葉は「アイヌ民族文化財団」等のサイトを参照。カタカナで表記された音の響きに惹かれておりました。小学校の焼失は事実だが、登場するアイヌの少年はフィクショナルな存在です。

ポの国のポ

私を「ポ」と言い換えてみる
とくに理由はありません
ポはポの国の言葉で
僕　おいら　あたい　一人称
これからポが　往きつ戻りつするのは
70年前の9月16日のこと

ポが武蔵野の秋を歩く
陶製のひとがたは浜辺を歩く
やはり独歩　カサコソサヤケ
砂の音　キシム　キュウソ
クシュクシャ　クシャーラ
浜風　潮騒　ゆりかごの音
月から落ちてくる

水蜜の雨だれは　恋情か恨(ハン)か
ほのかに好ましい思い出か

イヌが吠えてオーボエが鳴って
遠くで潮ふく鯨のため息
鳳仙花はじけ
ギターひび割れ　子守唄
爪に血がにじむ　鳳仙花らばい
庭のハナモモやトネリコに
また降りしきる水蜜
猫が二匹低い姿勢で消えてゆく
その音の　心踊りの夢幻
みんな　ポの耳に親しい

✢

雨のなか手紙がポストに落ちる
宛名の文字が雨でにじみ

指で封をはがす音も密やかだ
二枚の紙に目をこらす

なんということだ　Shinpuc!
中学時代のサッカー部キャプテン
比類なき　メクルメク少年頭脳
三十年前に旅立った　Shinpuc! から
暗号のように美しいスルーパスが来た

　コダーイはシュタルケルのチェロで
　ショパンはリパッティのピアノで

こんな音楽を聴いていたのか
シュタルケルとリパッティ
そして古びた写真がいちまい
Shinpuc! が笑ってる
汗と少年の匂いムンムンの用具室

十五歳の　Shinpuc! が
Y談と歎異抄を転がしながら
穴のあいたスパイクを縫っていた

返事を書こう
Shinpuc!　Shinpuc!
ポはペンを走らすことが好き
紙を走るペン　紙の幾層を走る音
Shinpuc!　Shinpuc!

その音のさいわい
シュタルケルのチェロの音
シュタルケルは1923年
ハンガリーのブダペストで生まれた
1882年に同じハンガリーで生まれた
コダーイの曲を演奏するとき
シュタルケルは静かに躍動する

ハンガリーの森を　大地を

✣

今日は２０２０年9月16日
そしてここから　ポに聴こえてくるのは
ディヌ・リパッティ　最後のリサイタル
70年前の　きょうの今日
１９５０年9月16日フランス・ブザンソン
リパッティは悪性リンパ腫の末期
主治医の懸念を押しとどめ
みずから最後と知ってピアノの前に立った
満員の聴衆もそれを知っていただろう

１９１７年ルーマニアのブカレストで生まれ
少年の頃からパリに出て33歳まで
ただただ　音楽に愛された
天凛夭折のピアニスト

ポはそういうのに弱い
フランス・ブザンソンでリパッティが
聴衆の祈りのなかで
最後のショパンのワルツを弾いた日

１９５０年9月15日から17日にかけて
ポの半分の祖国
戦火の朝鮮半島では
怒涛の進撃で半島最南部のプサンまで
占領していた北朝鮮軍を分断し
戦局の転換を期した奇襲作戦が
マッカーサー率いる米軍によって敢行された
ソウル西方の仁川(インチョン)上陸
占領されていたソウルは奪還された
だが、これは国を隅々亡きものにした
凄惨な戦いの終わりではなかった

朝鮮戦争の死者の数は　韓国約２４０万　北朝鮮２９０万　中国90万　国連軍
15万　第二次世界大戦の日本の死亡者は約３１０万人と言われる

母国に家族を残して　日本に渡ってきた父は
生まれたばかりのポを膝に抱きながら
刻々と変わる戦況を短波放送で聞いていただろう
父の弟　ポの叔父は徴兵され
１９５３年2月5日26歳
激戦地として知られる江原道金化地区で戦死
戦死したことは　休戦後の１９５４年６月に
生き残った部隊長から知らされた
もちろん遺骨は帰って来なかった
南北朝鮮５３０万人の死者のひとりだった叔父
かつて故郷の山野を　ともに歌いながら
木の実を投げ合い　野うさぎを追っただろう
父はポを抱き　慟哭しただろう
膝を叩いて哀号(アイゴー)を連呼しただろう

１９５０年９月16日
リパッティは　生命の灯心を燃やし
最後のピアノを弾き
同じ日に極東の半島では
戦火で多くの死者が生まれた
特別のことなのか
並べ立てることなのか

おーい、Shinpuc!（シンプック）　Shinpuc!（シンプック）
懐かしい十五歳のShinpuc!
ソノヒトとともに
リパッティのショパンを聴きながら
Wordを閉じる

Shinpuc!（シンプック）はもちろん仮名だが、1964〜65年、新宿区立落合第二中学校サッカー部のキャプテン。校内随一の頭脳、俊足のファンタジスタ。1965年の東京都ベストイレブンにも選ばれた。練習の合間に「おまえ、歎異抄読んだことあるか?」と聞かれ「石坂洋次郎なら読んでるよ」と答えた日が懐かしい。Shinpuc! 1993年、43歳で早逝。

ポの国のぴ

今日も拝島駅から青梅駅へ
そこから送迎車で多摩川を渡り
山々の紅葉を眺めながら15分
太陽の家・日の出陶房へ
空は晴れて、やがて秋も終わるだろう

さて、今日はこんなテラコッタを作ってみた
こいつの名前をつけることから始めたい
すぐに決まった名前は「ぴ」です
「ポの国のポ」を踏襲して
ポ＝ぼく、ぴ＝キミ、ということにしよう
つまり、ボクの国のキミだ

「ぴ」は粘土のかたまりだ

両のてのひらに載るくらいの塊
重さを感じながら少し捏ねる
半分くらいにわけて
作業台の上でぱんぱん叩く　ぱんぱんぱん
濡れタオルや軍手を押し付けて
ちょいと織り目文様をつけてみる
それだけで「ぴ」のイメージが膨らむ
ほどよく平らにしたパン生地で
赤ちゃんことばを包むように丸める
指先でぽよぽよ押してみる
戻してみる　ぽよよん
まだ「ぴ」はぴでもポでもない

もう半分も同じようにぱんぱん叩く
そして同じように丸めてたわめて
赤ちゃんことばを包んでみる

ふたつの包みを上下に重ねる（無造作が大事）
瓢箪のようないびつな物体が
手回しろくろの上に鎮座している
こうしてキミはようやく「ぴ」にならんと身構える
これからが長年鍛えた即興スキル
両手で瓢箪のかたちをかるく絞る
縮めてゆらしてさらに押し広げ
納得できる行き当たりばったりを目指す
どこでもいいどこかに（無造作が大事）
人差し指と中指の第二関節を丸く押し当て
ろくろの上にトンと押し立て回す
なんかこりゃまだふつうだな
まだ「ぴ」には届いていない

おなかのあたりをぐっと平らに押し込むと
左右にニケの翼と名付けたい羽根が広がる
次に羽根二枚を頭上で出会わせる

それも途上のかたちに過ぎない
ニケの羽根二枚は　すぐさま消えてしまう
勿体ないなあという気持ちが少し残る
しばしばしばし、顔らしき輪郭が生まれる
過去のことは忘れよう

手を休めると窓の外を人が通る
「太陽の家」には天上天下の人たちが住んでいて
陶房の仕事をしたり　畑しごとをしたり
不思議な声をだして　ただ歩いていたり
のっぺりした遠近法ではダメ出しされる
「ポ」はオノレ自身の描法を迫られる
無造作が大事　だが唯我独尊からは離れて

「ぴ」のためのほとんど唯一のツール
焼き鳥で使うなじみの竹串の出番だ
ここからが今日の作業の正念場

竹串のとんがりに細心の注意をはらい
両の眼窩に目ん玉ラインを素早く入れる
ここで迷ったらあとがこわい
ずるずる　もとの木阿弥さまだ

午後の陽射しが陰ってくると
小春の日和さんは足早に去ってゆき
山あいの陶房にも冷気が入り込んでくる
ふむふむ　いいでしょう
こんなところか手をとめる
いや止めないとカラダが冷える
ああ、いいかも知れない
顔立ちはちょっとお茶目な才色兼備
なぜか墨の涙を流している
死んだ友のことを思っているのか
秋の終わりだから　それだけ

ところでキミの名前は「ぴ」でしたね
こうしてこんな具合に「ぴ」が生まれました
この国には　こんな人もいる
ぽの国のぴ、まずまずのお気に入り

万歩計９５８５

スマホに万歩計
小一時間歩くと６７５０という数字
歩きなれた練馬関町から吉祥寺
垣根の白バラは年々ふくらみ
悩ましい花の生死（しょうじ）が匂う
万歩計は６７５０から
そしてさらにきざまれる

真昼の空の青みを裂いて
月から落ちてくる林檎の音
地球の裏の鯨のため息
ウーヨンウー　ウーヨンウー
すれ違う四匹の犬はおとなしく
どこかで鳳仙花が小さく破裂している

アリランが空耳でラプソディ
記憶がひび割れて
シチリアのモザイク
クロスワードがギクシャク

あたまのなかの赤いポスト
スヌーピーの84円切手が笑った
返事を書こう文字を書こう
藁の紙にペンを走らせたが
文字ではなく　線だけが浮かんできた
鉛筆を走らす速度を変える
ここはどこだろう
万歩計は９５８５

そこで不意に浮かび上がる

ダウンの少年Ｕ君が描いた絵

彼はことばを語らない　歌わない
シセツの水曜日の絵画教室で
30分たっぷりかけて
たった一本の線を引く
すこし首かたむけて
軽くかるく色鉛筆をにぎり
30分かけてたった一本
20センチの線を引く

これまでに見てきた無数の絵
U君の一本の線ほど
胸に迫った絵はない
この微々にふるえる
たった一本の線
U君は天才的におだやかで
天才的に語らない人
U君がこの世界で

感受しているものそのすべて
一本の線が語りかける
万歩計は９５８５のままだ
U君、キミはどこにいる

韓国ドラマ『ウー・ヨンウ弁護士は天才肌』、金聖雄監督の映画『アリラン・ラプソディ』より寸借いたしました。

素足でコドモらが舞う

――ジョルジュ・エネスクを聴きながら

バッハが野を踏んで後ずさりする
後ずさりしながら差し出される手
その手で柔らかく放たれる音楽
ルーマニアのヴァイオリニスト
ジョルジュ・エネスクの弾くバッハ
その音はルーマニアの土や水をこねて
素朴な土器をつくり続けた陶工の手
サクサクとザラついていて大きい
ぶきっちょに毀(こぼ)れた瓮(かめ)で
白インゲンを煮る小さい老婆
千年の門に象(かたど)られた木彫りのメモリ
ユーラシアの歴史を往還する風が
アンモナイトの渦巻きを独楽のように回す

✢

エネスクの弾くパルティータ2番
微微に打ち震えるシャコンヌ
その曲が鳴り出したとたん
胸襟が謎めいて内側に泡立ち
バッハが野を踏んで後ずさりする
後ずさりしながら差し出される手
どこにもいなかったバッハがいる
白いカールのカツラをとったバッハ
僧服を脱いだラマ僧のようであり
時空を超えたバッハが歩いている
そこには他郷の老いた人々のしわぶきと
気管を通るかすれて淋しい呼吸がある

✢

ジョルジュ・エネスクは1881年8月19日

ルーマニアの北東部リヴィニ村に生まれた
モルドヴァ、ウクライナに接する
シトレ川とプルト川に挟まれた高原
わずかにロマも住んでいるという
辺境の小さな村に生まれエネスク少年
七歳でウイーンの音楽院に学んだほどだから
土器つくりのザラついた手とは無縁だろう

✢

音楽というのは不思議なものだ
見えてくる風景というものが確かにある
ひろがる麦畑、舞う柳絮、群れを追う孤鳥
ざわざわと森が広がり　風が湧き立ち
素足でコドモらが舞う　ロマが煙を立てる、
憧れもしたトランシルヴァニアの風景だが
悪疫の蔓延につれてロマの人々への
ヘイトクライムが増えているという

このザラついた空気は忍び足のように
胸の奥の厄介な悪意をあぶり出す
この世紀をまたぐ悪意を反転させるには
いつものように歌うしかない

目を深層水で洗い、喉を火の酒ツィカで洗い
脳にこびりつく灰汁（アク）を、風の手で洗い
ジョルジュ・エネスクをエンドレスにして

ツィカはスモモから作るルーマニア伝統の蒸留酒。

クルギ・タ

青梅駅までの車中で読む本は
毎回本棚からほぼ無作為に引っ張り出す
今日の無作為がこれだ
思潮社現代詩文庫82『犬塚堯詩集』
1985年発行当時に買った記憶はあるが
いつか読もうと詩の書棚に押し入れて
これまで35年間読んだことがなかった
出かける前に本を開くと64ページ
「河との婚姻」という詩が目に入った

ある日　哈爾濱（ハルビン）の私の家をたずねてきた
クルギ・タと名乗る巨きな女を
私はすぐに河だと気づいたのだ

この三行で始まる詩に息をとめた
西武新宿線東伏見駅から拝島まで
また本をあけると哈爾濱のクルギ・タ
途中本を閉じてまたあけると
哈爾濱のクルギ・タ
犬塚堯という詩人が住んだ哈爾濱

クルギ・タという名前が気になる
クルギ・タがどの国のどの民かなど
茫々と想像するしかないが
その河が「北満州の広野でみた一本の河」

　煙を上げる酒　酔い痴れる大地
　女の白皙の宏い胸に手を置いて
　百里先の山脈の熱さを感ずる

男とクルギ・タは蜜語で交情し

女は歯を食いしばって
伝承と曙のゆりかごの中に子供を生み
さらに風は興安嶺を越え　アロン湖を越え
とあれば東シベリア酷寒の
荒涼とした大地に想像が及ぶ
ツングース、タタール、ウリャンカイ
闇と光の巨大な迷路に
吹き荒ぶ砂嵐の航跡が浮かび上がり
暗黙の風景が眼前に下りてくる

クルギ・タは僕たちの姉に違いない
巨きな乳と肥沃な三角州をもち
ヘラジカの舐める蜜のように
ふかぶかと単調な子守唄を歌い
彼岸まで半獣の神として泳ぎわたる

犬塚堯さんの詩に震えました

あなたのような詩人が
第４次南極越冬隊に同行して
仲間の隊員を氷雪の嵐に失いながら
越冬の記事と、そして詩を書いた

哈爾濱と南極ブリザードすさぶ
極寒の円環とじることなく
凍らない乳の河は夢幻に乳濁して
ゆうゆうと泳ぎつづけるクルギ・タ

僕はぼくのクルギ・タを思い出している
この世の人類の姉たるクルギ・タ

犬塚堯（いぬづかぎょう）１９２４年長春に生まれ、佐賀県伊万里市で育つ。１９５９年朝日新聞特派員として「第４次南極観測隊」に同行取材。詩集に『折り折りの魔』（紫陽社）『河畔の書』（思潮社）『犬塚堯全詩集』（思潮社）などがある。１９９９年死去。

梦（ゆめ）とゆふ

ごそごそ雑木の庭に出て
革トランクの底から
草臥れた古い手帖を取り出して
ペール缶に火をつけた
思い出すだけで　ほほが火照る
いくつかの　忘却の小筥（こばこ）が
在ることがさびしいと　燃える

あの水脈（みお）をわたる少年たち
踝のくるり　四つの翼が
羽ばたくための骨だという
そとくるぶし　うちくるぶし
やがて脛骨　腓骨　舟状骨
静かに遡行すると

鼠径部　妖しい子（ね）の子
白いコネコの通り道
肉球が夢幻的にやわらかい

やがて打ち震える古代半島
光に包まれた村があらわれる
絵に描いたような
洟垂れの歓声が木霊（こだま）し
逆反りに腰のまがったハルモニ（ばばさま）たちは
調子っぱずれの　肩おどり（オッケチュム）を
ひょこ譚ひょこ譚　踊るのだ

きしむ古代半島から放たれる
いびつに美しい球形
蟠桃や唐梨、　水面（みなも）に映る童子たち

七月になると
真っ赤な唐辛子を抱えて一斉に
笑い出すハルモニたちの
死生観はとても恐いものだ

年季ものの煙管（きせる）を離さない
年季からも波久礼（はぐれ）た爺さまをよそに
騒々しいハルモニたちは
賑やかな死を振る舞ってやまない

無窮花（むくげ）咲く角を　七つ曲がれば
もうだれもいないのだった

楽隊の淋しい野原のために
半島のいくさで死んだ
若き叔父の手紙を焚いた
手紙を燃やしたことのあるキミなら

知っているだろう
灰になろうとする一瞬
陽炎のように刻印されることば
炙りだされる　最初のひともじ
梦（ゆめ）　と　ゆふ

キリバスには行ったことがない

トポ氏がやって来た
15年ぶりくらいの来訪だが
そんな素振りは些かもなく
少し休ませてくれと
いきなりごろりと横になった
そう　手土産だといって
焼津の桜えびをほいと置いた
軽いいびきを立てて
秋のふかまるにまかせ
ほぼほぼ　うつらで
三日ほど眠っていただろう

トポ氏は夢をみていた
夢をみていた　哀しいような

いやそうでないような
トポ氏の仮装の父さんが
踊りながら帰ってくる
酔っているのか傾いたまま
西からの放射状の光が
踊る父さんを射つづけている
愛しのクレメンタインを歌いかけて
さざめいている　父さんすすり泣く
トポ氏が眠る部屋で夢が交換され
あふれていた

✢

さて、トポ氏も父さんも
キリバスには行ったことがない
南太平洋の小さな共和国
ミハルカス広大な水域に
33の環礁が散らばっている

平均標高2メートル　椰子の木がそよぐ
想像力は水平線の向こうからやって来る
人口は11万人を少し超えるくらい
椰子の実から採るコプラ油が外貨を稼ぐ

2004年からオリンピックに参加しているが
選手団はいつも数人、もちろんメダルはないが
重量挙げのカトアタウ選手は
競技後のダンスで知られている

✢

『キリバス大統領の方舟』という
ドキュメンタリーを見た
2007年キリバスのアノテ・トン大統領は
遠くない将来、温暖化現象の海水面上昇で
キリバスは海の中に消滅すると危機を訴えた
バチカンに行ってローマ法王にも陳情し

キリバスのために祈りましょう
握手して抱擁して　別れた

意を決したアノテ・トン大統領は
フィジーに広大な土地を買った
フィジー共和国のエペリ・ナイラティカウ大統領は
キリバスが水没する事態となったら
キリバスの国民すべてを受け入れると
同情の声明を出した

人口80万人のフィジーが
11万人のキリバス人全員を
どうやって受け入れるのか
アノテ・トン大統領と
エペリ・ナイラティカウ大統領は
１０００人乗れるような貨客船を
遠い異国の造船所に発注したかどうか

それなら１００往復くらいで済むだろう
島の港から貨客船まで
50人乗れる艀（はしけ）で　２０００往復
時間はまだ少しある

キリバスの先住民の人々の踊り
木舟太鼓をばちで叩いて
強く弱く　強く強く　リズムをとり
女たちは腰を振り　まわしゆらし
大きく弧を描き螺旋をかたどる手
顔の表情は多くを語らない
男たちは激しく腰振り
屈伸しては繰り返し跳び跳ねる
勇猛なマオリの血を引く戦士の踊りだが
キリバスに軍隊はない
歌も太鼓も　腰を振り腕を刀剣にする

カトアタウ選手は
16位というそこその成績をおさめたが
そんなことより　競技のあと
母国の水没の危機を訴え
真情込めてキリバスダンスを踊るのだ

トポ氏はもう一度　寝返りを打ちながら
口角筋を少しあげて
夢の日録にこう記した
この世紀の只中にノアの方舟が
南太平洋の奇跡を綾取りしながら
繰り返し　果てしなく船出した

✢

ところでトポ氏が見ていた夢は
キリバスとフィジーから
やがて霧バスの風景にかわる

キリバスと　霧バス
なんと安直な駄洒落だろう
そう思ってくださって結構
だってそうだから

霧バスは霧で出来ている
霧の森を音もなく走っている
鹿やリスや野うさぎ　木菟さえも
咲きほこる花たちの花粉も　霧の霧
運転手もあまねく霧でかたどられ
紺の帽子と白い手袋も霧
トポ氏は夢見ながら
なんて幻想的なんだ
こうなったら思い出も霧だ
預言者の寝言も霧だ
係累も罪も死も霧だ
反芻しながら

また寝返りをうった

霧バスにはひとりだけの客
前から3番目あたりの席にちょこんと
小さくて軽そうな　おばあさん
やっぱり霧で出来ているおばあさん
荻窪ミニヨンのママ　フカサワさんだ
誰にでもさっぱりと飾らない口調
素朴な花をいけて店を飾り
ミニヨン5000枚のLP盤から
人生の終わりに聴くとしたら
どの一枚を選びますか
そんな話をしたことがあった
モーツアルトの「クラリネット五重奏」
オルフの「カルミナ・ブラーナ」かな
あらま、ずいぶん違うの選ぶわね
僕の幼い選択に微笑んでくれた

音楽も　霧でできている

すべてが霧のなか　霧バスが走る
どこへ行くのだろう
ヤマナシのふるさとか
秋のおわり　深い霧　陰翳の森
ミニヨンのママ　フカサワさんを乗せた
霧バスが
帰ることのない道をゆく

キリバス共和国の海水面上昇、沈没の危機説は、アノテ・トン大統領の退陣後、温暖化による差し迫った危機ではないという説が浮上している。「日本キリバス協会」では、アノテ・トン前大統領を顧問として、地球温暖化によるキリバスの危機を避けるために調査研究活動を行っている。

誰もいない海

気温体温36・8度　暑熱限りない
庭の蚊々（カカ）氏は酷暑に弱い
ひっそり葉陰に隠れるしかない
蝉の鳴々（ミンミン）氏も　意外やそのようで

こんな夏でも右から左から
来ては去る　思い出のヒトばかり
こちらがくしゃみすると
あちらで必ずくしゃみする
呼びもしないのに思い出の殻を破って
いつのまにかマスクの裏で呵々大笑
いっしょに酒飲んでる　稀有な男たち
懐かしいです　痩せて太っておかっぱで

肩組んで歌おうとしても
歌詞を忘れてるのだ　情けない
鼻歌めいて歌う　誰もいない海
なんてことだ　誰もいない海

海辺の映画館に入った
お好みの左端E-1の席に座る
目立たぬように靴下をぬぐ
映画館に入ると脱ぎたくなる
でも途中でまた履いた
襟を正して見なくてはならない

海辺の映画館——キネマの玉手箱
象は静かに座っている

ほぼ続けて見た
七時間は長いか短いか人生

大林宣彦監督は82歳　迫る死と伴走した
夢幻大の映画讃歌は三時間に及ぶ
傍若無人、時空をあたりきに無視
乱舞する反戦ファンタジー
なんとも愛おしい時間が過ぎ
劇場公開は監督の死後となった

フー・ボー監督は中国の29歳
没落した炭鉱町から　はるか北方の遊園地
「ただ一日中座っている象」を探しに行こう
不安の糸で繋がれた四人の旅
四時間の最初にして最後の長編
完成直後、公開を待たずに
自死したフー・ボー

時を隔てずして　彼岸の人となったふたり
お互いの映画のことばで

世界の希望と　生と死について語りあったか

浜辺の　砂の数ほどの砂
それぞれの砂粒に
死者たちの記憶がやどっている
ふたりの映画を見終わって
サクサクとした妄想が芽生えた

やがて眼くらむような明るい未来が来る
千年の堆積からどこかの坊主が拾う
砂のひとつぶ一粒に　刻まれた
ソノヒトのフィルムの切れ端
消されはしない
喝采のうたごえ
不在の象のいななき

家についての甘い考察

柱があって家です
家出するのは娘です
娘が帰らないときは満月です
満月の夜には葡萄酒がこぼれます
舐めてゆくのは葬列です
酔った牛が寡婦の家に立ち寄ります
噂もたちます障子も破れます
やがてややこがうまれて
べこのこべこのこめでたいこ
新しい歌が流行ります

屋根があって家です
家出するのは父さんです
父さんはさびしくて

高いトネリコの木の上にのぼって
なつかしい歌をうたっています
竈のなかから出てくるのは
灰まみれ猫のすみれちゃん
さびしい父さんはすみれちゃんのことが好き
でも愛しあうには無理がある

窓があって家です
家出するのは母さんです
母さん窓にぶらさがり
歴史のページが破れるのを見ていたんだ
風が甘くささやくように
ぶらさがる母さんの頬をなでていったそうだ
母さんは真珠の貝がほしいので
イギリス海岸に行くそうです
家族というものはそういうものなんです

壁

壁があって家です
壁のある家からはだれも家出しません
白いエプロンとおむつが揺れています
郵便配達がやって来ます
帽子をとって汗をふきます
太陽がまぶしいので手紙を燃やしています
あぶりだしの中に文字が浮き出ています
みかんの花咲く丘で待ってます
明日は雨かしらすみれちゃん

テーブルがあって家です
甘いミルクを飲みながら占い遊びをしたり
上にのってあくびをしたりします
幸福というものの条件を構成するのです
梨の形をした退屈がころがり
足の親指からきのこが生えてきます
ときどき家族がそろって食事をします

ときどき誰かが死んだりします

人が訪ねてくると家です
ほとんど用もないのに訪ねてきます
明日で還暦になるのでなんとなく
魚の骨が喉にひっかかって笑い過ぎたので
昨日見た映画の内容がどうしても思い出せないので
ずっと前から隣の隣に住んでいるので
ただそれだけで人が訪ねて来ます
人が来るというのはおかしいものです
来なくてもいいのに

家出した人が帰ってくると家です
呼び鈴も押さずに
しっかりと窓から入ってくると家です
だからいやなんですすみれちゃん
フライパンでおでこぺんぺんして

まいったな！なんて言ったりして
時にはトンカチで家のカルテを封印して
なにもなかったように
新聞読んでる人がいると家なんです

笑門来福

立春　トックトック　トック
七草入り韓国雑煮の支度しながら
あなたらしく笑える詩を書きなさいよ
せつ子さんがさりげなくのたまう
笑門来福ってこと？
それならなんとか　トックトック

さて、アトリエにこもると　朝が来た
「整理整頓」の紙が目に入らず
至福の落花生にやたら手が伸びる
捨てられない古い手紙に手が伸びる
散乱する落花生の殻
墨にまみれて所在ない
画仙紙やソウルの韓紙（ハンジ）

なんてことだ「初心不可忘」反故の山
笑門来福が　正直に悲鳴をあげている

気を取り直して　見わたせば
幾時間が　トックトックと過ぎまして
帽子を脱いだ夜が熟してくる
月灯りだね　こんばんは
天を踏むように踊る娘がいて
藪のなか獏とじゃんけんして
きのうの悪夢を交換しながら
砂糖菓子を食べる姉たちがいる

三角巾巻いて真摯に一心不乱
玉子焼きをつくる麒麟がいて
デーメテールに思いを馳せながら
ギリシャのぶどう酒で酩酊して
果てしなく綾とり遊び

そのとなり、ご相伴にあずかりながら
『野菜畑のソクラテス』を読むヒトがいる
ページを開くと　心おどる女がいて
ページを閉じると　けむりになる男がいる
月光価千金だね　酔いにまかせ
半島の民の謡を朗する老人たち

花が咲いたか　天子の峰に
花じゃないぞい　きみがゆく
なんとしましょう　梨むいて出せば
梨は取らいで　手をにぎる

歌いながら　弱い酒をるりるり舐めて
頬赤らめ　だんだんに眠る父がいる
抒情的（センチ）だね　根っこ数センチ
なだらかな里山

風景はどこか似ている
低い曲り屋根の農家
柿の木が心細そうに立っている
渋いのが軒という軒にぶら下がり
筵にいちめん唐辛子が干してある
垣根の曲がり角で何やら騒々
家族そろって笑いながら福笑い
どなたか笑門来福とご理解ください
ふと　ここに帰りたいと思った
僕の土地じゃないけど

雪が降っている　森森(しんしん)として
ひもじいなあ欠伸してる赤牛べっこ
突然こっちに向かって走りだした
慌てて崩れかけた土塀に凭れかかると
積もった雪に不意打ちを食らう
べっこの奴にんまり笑って

ゆるゆる頭をすりつけて来た
ぺろりと舌だし　ごしごしゴスペル
親愛の情というやつだろう
よだれがすごいんだ

七草の入ったトックを食べながら
せつ子さんが斜め読みして
でも、笑える詩って難しそうね
やめといたら？
ぎゃふん！

トックはうるち米で作る韓国のお餅。正月に雑煮にして食べるのが習い。
『野菜畑のソクラテス』は八木幹夫の詩集のタイトル。
「花が咲いたか～」は『朝鮮民謡選』金素雲訳編より引用。

禁じられた遊び

まだ仄暗いなか散歩した
坂を下りて踏切渡って
武蔵関公園に入った
ゴイサギのサーギ
いるのかいないのか
空気の居場所が定まらない
早朝なのに不安数値が
厭戦的に漂っている
靄にかすむ池をまわると
渡るひともない中橋のたもとに
見慣れぬやぐらがたっている
高飛び込み競技のやぐら
危うげなはしごが誘っている
いぶかしいではないか

木組みゆれる十三段昇って
飛び込み用の跳ね板の先端に立った
当然逡巡したわけだ
高さ三メートルくらいでも充分に怖い
だれがこんなもの作ったのか
飛び込み台に立った選手は
飛び込まなければならない
それが暗黙のルールというものだ
ふくらはぎが微妙に痙攣してきた

飛び込みたいわけではないが
ルール上棄権は許されない
池の対岸では採点ボードを持ち
ハンチングを目深にかぶった
スラブ系と思しき男がひとり
投げやりの遠い視線を

こちらに向けている
だから飛び込んだ勇気出して
池の中アタマからまっすぐ
水深70センチの深層
水しぶき小さく着水
高得点は間違いないだろう

採点ボードを持った
スラブ系ハンチングは
投げやりの薄ら笑いを浮かべ
「採点不能」と表示された
電飾点滅ボードを水底にむけて投影し
闘いは終わったとメッセージ

本当なのか、闘いは終わったのか
なんてことだ　謎めいている
奇妙なこともあるものだ

記しておくべきはここ

水底に散らばっているのは
不揃いの小石に刻まれた名前
切なく胸に来る友人たちだ
この十年くらいに旅立った友人たち

名前が刻まれた小石をつかって
ふたりの子どもがチェスをしている
禁じられた遊びが聞こえる
水のなかで聴く　イエペスのギター
哀愁と予感に充ちているじゃないか
友人たちの名前を読みながら
こみ上げる懐かしさに慄えた

おまえたち　なんでこんな池のなかで
チェスの駒になってるんだ

またそうやってオレを韓夏雨（からかう）のか
謎めきは深いぞ

サーギのような黒騎士Kに聞くと
なじみの蕎麦屋を出たところで
巨体にいつもの麻シャツまとった
黒ビショップAに誘われたからだという
酒を飲まないのっぽの白騎士Mは
タリーズの珈琲飲んでたら
白ビショップDに誘われたという
Dに聞くと　会社から銭湯に寄り
天使の餌を探し歩いてるうちに
気がつくとここにいたという

ふたりの子どもが水底で
禁じられた遊びをエンドレスにして
笑いながら利発を競いあっている

親しかった友人たちが
たとえチェスの駒になろうと
楽しい来世を送っているのは
なにより嬉しいことだ

かすかな酔いに染まって
池から泳ぎ出ると
ほとりには白木蓮が咲いている
この世の灯りのようであり
あの世の灯りのようでもあり

すでに夕暮れだよ　影が長い
みんなも風邪ひかないようにな
謎めいた気分で家に帰ると
庭の縁台に見たことのない

青い亀が首を長くしていた

韓夏雨（からかう）、韓くにの山野を不意に襲う驟雨、椌椌の造語。

街角ピアノ

街角ピアノの夢を見た
妙に穏やかな視聴感のなか
テレビでなんども見たことがある
駅の構内や公園、街角に置いてある
誰でも自由に弾けるピアノ

第一の街角ピアノ
近所の都営団地の小公園
象の遊具に並んでおかれ
見た目はピアノの形をしていたが
細部はまるでピアノではなく
合板を貼り合わせた粗末なもの
蔦のからまる蓋をあけてみると
なかは空っぽで　ただの函

蓋の内側に小さくaという文字

夢は続いていた
第二の街角ピアノ
しっかりピアノらしい形状だが
やっぱり　合板貼り合わせ
一区画離れた柊（ひいらぎ）の生け垣の曲がり角
そっと置かれていた
蓋をあけると　やはりがらんどう
ぽっかり黒い函
蓋には小さく rai と横文字

第三の街角ピアノ
早朝の井の頭公園の野外ステージ
さらに精巧な作りになっている
腕を上げた　作者苦心の作品だろう
不審そうにステージに上って

ピアノにさわる　女の子とお母さん
鍵盤もなければペダルもない
首をかしげて手をつなぎ
去っていった女の子とお母さん
蓋には小さくshinと記されてあった

第四の街角ピアノ
井の頭公園の南側、瀟洒な住宅街
欧風の家の玄関脇に
一段とクオリティをました
黒い光沢ピアノが鎮座している
御婦人が玄関をあけて外に出る
「あらこんなところにピアノが！」と
嬉しそうな声をあげ　蓋をあけた
見た目はほぼ普通のアップライトだが
やはり　なかは黒い空洞であり
御婦人は「あらまっ」とつぶやいて蓋をしめ

なにごともないかのように
ユーミンの「春よ、来い」を歌いながら
出かけてしまった
蓋には ichi と金文字で書かれてあった

夢のなかで　振り返ってみた
ローマ字で置かれた　イニシャルを
つなげてみると
a rai shin ichi となった
ア　ライ　シン　イチって
知り合いにひとり同じ名前の男がいる
彼が？

彼の住んでる浅草のアパートを
はじめて訪ねてみた
すぐに見つかった arai shinichi の表札
思った以上に広いアトリエに住んでいて

床には木の切れ端や　木工の工具や塗料
酒瓶やグラスが　乱雑に広がり
作りかけの　木工のピアノ型のものが
まさにピアノとしか見えない形状に仕上がっていた

第五の街角ピアノ
僕に気づいたのか　気づかなかったのか
ピアノの蓋をあけると
arashin　と金文字のイニシャル
そこには鍵盤までついていて
いきなりショパンのワルツを弾き出した
彼のテナーサックスは聴いたことがあるが
ピアノは初めてだった
お世辞にもうまいとは言えない
arashinらしいホンキートンクのショパン
なかなか愛らしいピアノだった

部屋を見渡すと　多くの書物と画集と
好みで蒐めたような　フィギュアのなかに
Kuu Kuu テラコッタが置かれてあり
一枚、見慣れた写真が貼ってあった
有名なバンクシーのグラフィティ
花を投げる少年のポスターだったが
なぜか赤いXが記されていた

第六の街角ピアノ
ほほほと　夢から半分覚めて
珈琲を淹れ　テレビをつけたら
ちょうど街角ピアノ京都編
南禅寺疎水あたりの茶屋
お決まりのように風花が舞い
みまもる異人たちのなかに
arashinの亡き父母（ちちはは）もいて
なぜなのか、金髪碧眼アジアのポーリッシュやってくれるなあ、arashin！
ショパンの幻想即興曲を弾いていた

arashinは1980年代に「仁王立ち倶楽部」という先鋭的なミニコミ誌を編集していた。『ソノヒトカヘラズ』の幾つかの詩は、この雑誌連載の「トポ氏散策詩篇」が原型になっている。文章校閲を生業にしながら、過激なパフォーマンス・アーティストとして国内外で活動している。

ハナモモの庭

2020年まめ蔵コロナ休業の卯月はじめ、吉祥寺視察自転車周遊を終えて、関町の庭に帰ると、いきなりハナモモが満開であり、ホーキ状の幹にこぼれるように咲く純白の花群がそれは眩いのだった。このハナモモの種類は「照手白」てるてしろという。歌舞伎や浄瑠璃の演目として伝わる小栗判官照手姫伝説由来の花桃で、花の色の赤は照手紅、ピンクは照手桃、白は照手白である。

我が家の照手白はまだ樹齢20年そこそこだが、そのひび割れた幹から松脂みたいなゼリー状の樹液がそこかしこに吹き出し、それはそれで好ましいのだ。というのも、いつからか、照手白には亡き母の精気が宿るようになり、その樹液は母の匂いがしてほのあまく、さらに母の兄さん、つまり伯父の吐く紫煙の脂が混ざり合って、どこか馥郁たる妄想の芳香を放つようになったのだ。小栗、照手姫とはなんの関係もないが、ときに白く咲く花は、死者の息を吸って育つと聞いたことがある。

伯父といえば生前は清貧子宝高潔の人で、傾いたようなぼろ屋の門柱の裏には、隠れるように、やんごとなき菊の紋が彫ってあったが、段ボール専門の回収業を生業にしていた。

貧しくも高潔というのは落語の人情噺めいている。ダンボールうず高く積んだ自転車リヤカー、飄々(ひょうひょう)のくわえ煙草の伯父さん、不思議な人だった。生きていれば１１５歳になんなん。庭の照手白には、妄想香求めてあたりを徘徊する黒白チャップリン、サビのゲンシュウ、茶トラのココア、その名も北の国からクロイタゴロコなんかが、あやしげに擦り寄って来て、恋してにゃあにゃあ、怒ってしゃあしゃあと、まあ愛らしいことこの上ない。

桜散る頃ともなれば、ぽつぽつと乙女の粟粒のような花芽が吹き出し、日ごと夜ごと膨らむつぼみが、我慢出来ずに八重九重の白い花群となって、それは美しいことである。そもそもこの照手白は22年前父の遺した古家を解体して建て直した折、近所の園芸店で6、70センチの苗木を求め、チャリ籠にて運び植えたもの。今となっては樹高7メートルのシンボルツリーのようだが、ハナモモはバラ目バラ科モモ属に属するだけあって、生育が早く、3、4年のうちに、小さいながら桃の実を撓わにつけて、あまた熟れて落果するのも早い。かじっても歯ごたえ薄く、旨いことはないが、頃合いを見て、果肉を刻んでジャムに煮込むと、これが由来の照手白らしく気品ある淡桃の芳しさ。自家発酵させたヨーグルトに混ぜ込むと、軽い情愛の余韻のような味わいを楽しめるわけです。後先考えずに植え込んだ、トネリコ、ムクゲ、ヤマボウシ、雑植の木立、ときに風吹けば西向きの庭に慈悲のハクセキレイがやって来て、落葉尽きぬ季節から薄氷を踏む季節ともなれば、すべての思い出の人が現れては消えるハナモモの庭なんです。

名前以外はすべてホント
――西落合二丁目の家からはじまる

I

一九五〇年八月五日、寅年獅子座のど真ん中だったが、その日は猛暑ではなかった。雨が降り続いていたのか、夕立に見舞われたのか。一日の降雨量はしっかり48mm、最高気温27.8°と記録にはある。十八歳の父が、植民地下の韓国慶尚南道晋州から単身渡ってきて十一年、南家待望の嫡男として、僕は生まれ出たわけだ。

近所の遊び仲間の子どもたちとは「違うのか、だれだ、ボク?」と思ったのは、その日、まだ夜も深くない九時ころだろう。なんだか騒がしい歌声に目が覚めてしまった四歳か五歳。二部屋しかない当時六人家族の一部屋で、父の友人たちが車座になって、酒飲みながら赤い顔して、聞いたことのないことばで笑い合っている。さっきまで、「お富さん」を歌ってたはずなのに。父がボクの顔を見て「サンギラー、イリオノラー!」って言ったような気がする。

父の仲間の幾人かは今でも覚えているが、もうみんな死んでしまっただろう。母はその時、夜なべ仕事をしていただろう。父が意味の分からないことばで喋っているのを隣の部屋で聞きながら、どんな思いだったのか。二人の姉貴といまソウルに住んでいる弟はぐっすり眠っていただろうか。

その時のことを、だれにも話したことがなかったが、ボクらのような子どもの多くは、こうして自分が「宇宙人」なのだと知るのだ。少なくとも、ボクはこの日からずっとこの国で宇宙人として生きている。

西落合二丁目のボロ家の屋根はトタン貼りで、重石を置いたトタンは錆びて穴が空いてよく雨漏りもしていた。まだ下の弟は生まれてなかったある日の真夜中、六人家族が一列のゴロゴロになって眠るその時、もの凄い音と地響きのようなのが揺れて屋根からヒトの頭くらいの石が落ちてきた。それもボクの顔の真横の位置にどしん！ 父も母も飛び起きたのか、その場の記憶がほとんど消えているが、二歳上のすみえ姉さんとは「そうだったね～」とずっと後になって話したことがあった。それが本当にあったことなのか、夢なのかさだかではないが、そんな夢を見ることとってあるものか、ボクが宇宙人だとしても。

イリオノラー＝「こっちへ来い」、サンギラー＝本名「相吉＝サンギル」の愛称

Ⅱ

一九五六年七月十六日のことならよく覚えている。六歳下の弟が生まれた日だからだ。雨は降っていなかった。外で遊ぶには気持ちのいい日よりだったのだろう、白いランニングシャツを着ていた。

西落合のボロ家の外に置いてあった、みどりカビの饐えた匂いの木造りのゴミ箱には、何であれ分別なく放り込まれていた。ゴミ箱の上に一緒にいたのは二つ下の弟のエー坊と近所の悪ガキのアキ坊。ゴミ箱の上から部屋を覗くと白いシーツの布団が敷かれていて、出産を控えた三十六歳の母が横になっていた。白い割烹着と白い頭巾をつけた吉田のお産婆さんが立ったり座ったり、木の盥桶には湯が張られていた。

アキ坊の言いなりに、磨りガラスの見えないところに顔かくして、三人こっそり固まっていた。その一瞬の隙間、母と目があってしまった。

「ショーちゃん、ダメヨ〜」と口元の動きでわかった。ダメなのは分かっていたのだが、なんだか後ろめたい気持ちと、残念な気持ちを転がしながら、アキ坊の小さく傾いた家の方に三人で走って逃げた。その日、下の弟のヒロ坊が生まれたのだった。弟の出産に立ち合うというささやかな冒険は泡になってしまったが、やんちゃな夏の日の思い出はいまも鮮明に残っている。

アキ坊のことはちょっと怖い。いつも棒きれ振り回して犬や猫や何かを追っかけていた。アキ坊の家はバタ屋さん稼業で、バラックの裏にはゴミの山があった。一度おばちゃんから遊んでいきなと呼ばれて入ったことがあった。黒っぽい麦だらけのごはんを出されたが、なんだか匂ったような気がして、汚れたムシロの部屋も怖くて、ひと口食べて、あっ、行かなくちゃ！　逃げるように帰ってしまった。おばちゃん、申し訳なかったです。

ボクが保育園に通ったのは、ヒロ坊が生まれる前の年の夏、二日間だけだった。行きたくないって頑張ったのだが、決めたから行きなさい、アキちゃんも行ってるからと三十五歳の母はそう言った。保育園は知らない子ばかりで怖かった。二日間ずっと泣いてアキ坊のあとを追っかけて、アキ坊と同じことをしていた。アキ坊が四つん這いになって犬のように走り回ってると、泣きわめきながら、わけも分からず犬のようになって追いかけていたあの時間。三日目、もう絶対に行かない！　母も笑ってあきらめてくれた。まったく宇宙人らしくないな、アキ坊はそのうちいなくなった。

アキ坊の家とうちの間くらいに、ノン坊の住んでるアパートがあった。一部屋にぎゅうぎゅうと何人も住んでいたが、ノン坊は小学校の6年間同じクラスだった。おでこが秀でて髪がさらさら、勉強はハテナの美少年だった。僕たちの住んでいた坂の下一帯は山の手西落合の中でも、戦後すぐに無法に建ったような小さい家があっち向いたりこっち向いたり立ったり傾いたりしている貧しい地区だった。それでもオヤジは小さなプレス機一台から、ベークライトの成型の町工場をはじめていた。プレス機でするめをジュッと焼いて、アタリメ、裂いて食べるのが、何より大好きだった。

ノン坊からはいつも、ショーちゃんちはお大尽だからと言われていた。ノン坊はお大尽という言葉を、半径二十五メートル以内でしか考えていなかったに違いない。あとあと知ったのだが坂の上一帯はそれこそお大尽たちの棲家で、異次元の立派な家が並んでいた。本田宗一郎の家は中が窺えない立派な要塞のように見えた。きっとどの家にもピアノがあって、テーブルの上にはバナナの房が置かれていただろう。そんなこと想像していたが別に羨ましくなんてなかった。子ども心に、ピアノやバナナが幸福なのかって思ってた。

ノン坊がある時泣きながら、半ズボンからしっかり雲知(うんち)さんを零しながら、アパートに駆け込んだのを見たことがある。秀でたおでこ、さらさらの髪がきれいに揺れて、ノン坊は特別なヤツだ、神様みたいだと確かに僕は思った。

後年知ったことだが、西落合の家から坂を上がって、立派な家が並ぶ手前あたりに、瀧口修造の家があった。瀧口修造「橄欖忌」の由来となったオリーブの木が塀越しに見えた。学生時代、同じバス停を利用していて何度か遭遇したことがあった。すでにご高齢になられていて、ステッキを持っていたが、凛としたシュルレアリストの姿は、憧れとともに脳裏に刻まれている。

Ⅲ

一九五九年三月十七日のことならよく覚えている。「少年マガジン」と「少年サンデー」が同時に創刊された日だ。僕はその日を待ちわびるように、旭通りの雑誌も扱う貸本屋に走った。ふたつの週刊少年誌が創刊されるという話は町の診療所の若い先生に聞かされていたのだ。小学校の二年生、三学期も終わろうとする頃だが、その頃ちょっと情緒不安定になり、眠れないまま夜中のお寝小（ねしょ）が続き、敷布団の上にビニールとバスタオル、さらに二歳上の姉さんに添い寝してもらっていた。母は家内工場の仕事、住み込みの工員さん、五人の子どもの面倒で休むまもなく、「ショーちゃん、診療所に行っておいで。おしっこのことは言わなくていいから、眠れないって言うんだよ。」見覚えのない若い先生は、どれどれと熱を測って、聴診器をあてて頭を撫でて、「新しく出る漫画雑誌でも読んでごらん、きっと眠れるよ！」「はい、ありがとうございます！」僕は走って家まで帰ったのだ。

マガジンの表紙は相撲の朝汐太郎、奄美生まれのげじげじ眉毛のやさしい大男、勝っても負けてもその豪快な相撲が大好きだった。サンデーは我らが長嶋茂雄、あの胸を掻きむしられるような空前絶後のオーラ、遠い多摩川の巨人軍練習場まで見に行ったものだ。不眠症になり夜尿症になったのは、それは間違いなく僕が日韓をまたぐ、あいの子宇宙人だからだ。あとあと考えた早熟な結論だが、宇宙人の子どもは概ねお寝小をするものなのだ。マガジンとサンデーのザラ紙とインキの匂い、姉さんの柔らかい感触と初めての異性の香り。数日の夢のねぐらを抜けて、学校は春休みになっていた。

校門の桜が満開のなか、三年生の一学期が始まった。二年生のときと同じクラス、同じ担任、まっちゃん先生だとわかったとき、一瞬心臓がとまるほど驚き、そして喜びに満たされた。

三年生になるとクラス全員の投票で学級委員が選ばれるのだが、さっきまでお寝小していた宇宙人のあいの子が人気投票で一位になってしまったのだった。授業が終わるとき、まっちゃん先生が「一学期の学級委員に任命する」みたいな辞令を渡してくれた。家に帰って、母にその辞令を見せて、学級委員になったことを知らせたら、母はいきなり座り込んで顔を覆って泣き出してしまった。「ショーちゃん、外で遊んでおいで！」翌日の朝ごはんのお赤飯、すごく美味しかった、よく覚えている。

それから三十年以上があっという間に過ぎて、母が六十八歳で死んでしばらく経ったあと、抽斗の中にあった遺品を見ていたら、その日のことが古びたノートに書いてあった。

「韓国人のお父さんと結婚して悲しいことも多かったけど、うちのしょうちゃんが一番の票をもらって学級委員になった。こんなに嬉しいことがあるなんて、わたしは幸せです。」

かすれた鉛筆の文字を読んで、涙が溢れとまらなかった。

僕たちの学年は二年生から六年生までクラス替えがなく、しかも僕たち一組は五年間ずっとまっちゃん先生が担任だった。まっちゃん先生はいつも白い開襟シャツを着ていた。四十歳の年齢差は見た目最初からおばあちゃん先生だった。でも体育の時間、白い半袖服から見え隠れする脇毛の黒さはなんだか禁断めいて直視出来なかった。黒板の板書がキレイだった。いつも見惚れていて黒板消しで消されるのを見るのが辛かった。本当にノコギリで切って持って帰りたかった。

まっちゃん先生は別け隔てなかった。運動会の前の日、貧乏だけど足の早いN君の家まで、先生に渡された新しい運動靴を届けたことがあった。逆に別け隔てがあったということか。

同級生のやんちゃなMはあまり学校には来ていなかったが、長じて関西の極道になった噂は知っていた。そのMが不良の日々に疲れ、奥さん亡くした失意のなかで、先生、オレ足洗いたいんやと、まっちゃんに電話したとき、先生はあろうことか咄嗟に、南君に電話しなさい！ って言ったらしい。

お〜南か、わしじゃ、小学校のMじゃ！ しわがれ声は極道のMからだった。な、なんだ？ まっちゃんが言うからお前に電話しとるんや！ 先生、なんてこと言ってくれたんですか！ 足洗いたいんじゃが、組の舎弟もおるで簡単には出来んのじゃ、大体おまえがいたからわしは不良になったんだ、責任とれ！ なんでオレが責任とらなきゃいけないんだよ？ うるせえ！ おまえが勉強も相撲も、なんでも一番だからオレは不良になるしかなかったんじゃ！ ものにはそれなりの道理があるって、大学出ててもわからないのか？ おまえは学級委員長じゃろ！ わしはおまえの言うとおりにするって決めたんじゃ！

Mは昼となく夜となく電話して来て、南、足洗いたいんや、南よ！ いつも長電話は堂々めぐりで、店にまでかけて来たこともあり、バイトの子が、マスター、ヤクザ屋さんみたいなおじさんから電話がありました！ 真夜中たまたま不在のとき、会ったこともないせつ子さんが、M君、足洗いなさい！ って、人類のお姉さんみたいなこと言ったこともあったらしい。

そんなこんなのある日、もう電話できないかもしれない、面倒かけて悪かった、元気でいろよ！　と電話はすぐに切れた。そしてそのあとすぐ、神戸で大きな抗争事件があって、それからずっと音信が途絶えたことがあった。なんかやらかして海にでも沈められたんじゃないか？　刑務所に入ったんじゃないか？　抗争のニュースをしばらく追っかけていたが、二年以上経ったある日の真夜中、Mから電話があった。

わし、足洗ったんじゃ、南、世話になったな！　そうか、よかったな、じゃ、会おうか？

何十年振りかで鷺ノ宮の駅で会って、もう本当のおばあちゃんになったまっちゃん先生を訪ねた。初めて先生の家でビールを飲んだ。嬉しそうだったな、まっちゃん先生。

それ以来、Mとはいい飲み友達になった。クラス会にもドスの効いた声と顔を出すようになって、でも飲むと泣き虫で、小学校時代のかけっこと相撲の話を繰り返しては洟水ぐずぐず。個展見に来ると厳しい批評をする。おまえ、金のために描いてるんじゃないだろうな！　酔って外にでると、相撲とるぞ！　おまえ、こんなに弱いはずないだろ！

Ⅴ

絵に描いたような零細工場にも
住み込みで働いてくれる工員さんたちがいた
ソノヒトは茨城県出身で、シノちゃんと呼ばれていた
見た目ほんとうに人が良さげで
つよい吃音とポマードの匂いが忘れられない
給料日の夕方、「ショーちゃん、本屋に行こうか」
シノちゃんは歩いて20分以上かかる
東長崎駅前の書店に連れていってくれた
「読みたい本があったら買ってあげるよ」
「シノちゃん、いいの？」
大人でも届かない棚までぎっしり並ぶ本の世界に圧倒された
どれを選んでいいのか選びようがなかったが
児童書の棚にあった分厚い『家なき子』を手にとった
最初のページを読んで、「これにしようかな」とシノちゃんに手渡した
シノちゃんは、給料の入った封筒から直接お金を払っていた

『家なき子』は、厚いボール紙の表紙で
絵が描いてあったのか　書名だけが印刷されていたのか
なつかしいオレンジ色の表紙だった
本文もざらっとした厚めのわら半紙で
子どもの手には収まらないくらいの厚さだった

翌日、学校から帰るとすぐに読みはじめた
勉強も食事も同じ部屋のかどっこ
黒ずんだ柱にもたれてすわり　膝を曲げて
すぐに本のなかに没入した
ページを括るのももどかしいくらいに集中した
途中、ごはんを食べてまた同じ姿勢で読み続け
ついに最後までその格好で読み通した

はじめての読書　覚えているのは
義父に捨てられた少年レミが

貧しい旅芸人の老人と
母親を探しさがし　途方もなく
フランスの街や村をめぐる
哀しいことの連鎖のような
切ない旅の断片だけ
挿絵にあった老人のあごひげが
サンタのようにふくらんでいた

こみあげてくる涙を止められず
読みふけった時間
背中にあたる柱のかたさだけが
妙にリアルにのこっている
涙でかすむ目をこすりながら読み終えて
ぐるりと部屋を見わたしたとき
貧しくにぎやかな家族の世界は一変していた
この世には「ちがう世界が」存在していることに

はじめて気がついたのだ
日本とは違う国があるとか
違う生き方をしている子どもがいるとか
そういうことではなく
いま、自分が柱にもたれ膝を抱えている
この世界のすぐとなりに
「ものがたり」の世界があるという
目も眩むような決定的な体験のことだ

なんだなんだ、そうだったのか
その日をさかいに
僕は眠る前には必ず本を読み
枕もとに何冊かの本を重ねてないと
眠れない子になっていた

1937年　中原中也と李箱（イサン）

李箱と書いてイ・サンと読みます。異常と理想というふたつの言葉も同じイサンと音読みができるので、それらをかけてペンネームとしたとも言われています。一読とにかく鋭利な感性と研ぎ澄まされた文体を持つ韓国の詩人・小説家です。1910年にソウルで生まれ1937年に東京で死んでいます。たった26年の生涯のおわりの1年、宗主国日本の首都に住み、奇異な風体をしているという理由だけで「不逞鮮人」として獄につながれ、持病の結核の悪化を理由に保釈され、その後すぐ非業の死を遂げました。この年、1937年は詩人・中原中也が30才で永別した年でもあります。

僕がなぜこのふたりのことを並べて書いてみたいと思ったのか、ただ一方が日本近代詩の代表的な詩人、他方は韓国人なら誰でも知っている詩人、そのふたりが1937年という同じ年に李箱は東京で、中也は鎌倉で死んでいるという事実に引っかかったに過ぎません。6月（2007年）の中旬、京都で個展を開いていたので、戦前の京都同志社に留学していたふたりの詩人、尹東柱（ユンドンジュ）と鄭芝溶（チョンジヨン）の詩と死のことなどにも思いを巡らしていたということも、動機となりました。

中原中也は高校2年のときに筑摩書房版・現代国語の教科書に載っていた詩を読んで以来、虜になってしまい、学生時代には角川の旧版全集も購入、大岡昇平の書いた2冊の評伝も繰り返し読んで来ました。李箱が「異常」と「理想」ふたつの音と同じだったように、中原中也自身も詩人の「理想」と「異常」を大きな振幅を描いて往来していたと言えるかもしれません。

言ってみれば青春時代、僕のポケットの中の詩集は中原中也詩集でした。朝の歌、春日狂想、サーカスの歌、冬の長門峡、臨終、曇天、正午、朝鮮女……口をついて出る詩はいくつもあります。

中原中也は詩人という存在の典型的なイメージを今に遺した代表的な詩人でしょう。あるいは立原道造や金子光晴の名前をあげていいかも知れません。ちなみに立原道造は翌年24才の若さで李箱と同じく結核で亡くなり、金子光晴の初期の代表作『鮫』は1937年に刊行されています。

この時代、日本は二二六事件、南京陥落を機に急速に軍国化して行くころです。ヨーロッパではスペインの人民戦線が結成され内線の危機の渦中にあり、詩人・ガルシア・ロルカはフランコ派の陰謀で1936年夏に暗殺されていました。ドイツでユダヤ人迫害の「水晶の夜」事件が起きたのが1938年、ナチス・ファシズムの台頭と日本の軍国化は軸をひとつにして世界に暗雲をたれ込めさせようとしています。アメリカはまだ大恐慌の疲弊の渦中にあります。それは第二次世界大戦が終わるわずか7~8年前のことです。それと私事に関わることで言えば、僕の父親は17才。ほとんど日本語も喋れないまま単身朝鮮の片田舎から下関経由で東京中野にたどり着く1年ほど前のことです。僕の生まれる13年前のこととなります。実際の歳月と記憶の歳月が混淆されれば手に取れるほどつい最近のことのように思えます。

そんな時代にあって、詩人はどんな仕事をしていたのか。

李箱が日本語で書いた詩は『作品集成』のなかに収録されていますが、本当にすぐれた詩は朝鮮語で書かれたものにあると思います。金素雲の素晴らしい翻訳編集になる『朝鮮詩集』（岩波文庫）のなかに李箱の詩が4編収められています。中也の詩はすぐに読むことができるでしょうが、李箱の詩はなかなか読む機会がないと思います。ちょっと読んでみてください。

李箱　鳥瞰図（原題は烏瞰図（オカンド））

十三人ノ子供ガ道路ヲ疾走スル
（路ハ行止マリノ袋小路ガ適當デアル）

第一ノ子供ガ　怖（オッカ）イト　サウイフ。
第二ノ子供モ　怖イト　サウイフ。
第三ノ子供モ　怖イト　サウイフ。
第四ノ子供モ　怖イト　サウイフ。
第五ノ子供モ　怖イト　サウイフ。
第六ノ子供モ　怖イト　サウイフ。
第七ノ子供モ　怖イト　サウイフ。
第八ノ子供モ　怖イト　サウイフ。
第九ノ子供モ　怖イト　サウイフ。
第十ノ子供モ　怖イト　サウイフ。

第十一ノ子供モ　怖イト　サウイウ。
第十二ノ子供モ　怖イト　サウイフ。
第十三ノ子供ハ　怖イ子供ト　怖ガル子供ト　ソレダケ
　デアル。（他ノ事情ハナイ方ガ　寧ロヨロシイ。）

ソノ中ノ一人ノ子供ガ　怖イ子供デアツテモヨイ。

ソノ中ノ二人ノ子供ガ　怖イ子供デアツテモヨイ。
ソノ中ノ二人ノ子供ガ　怖ガル子供デアツテモヨイ。
ソノ中ノ一人ノ子供ガ　怖ガル子供デアツテモヨイ。

（路ハ　抜ケ道デモ　カマハナイ。）

十三人ノ子供ガ　道路ヲ疾走シナクテモカマハナイ。

この詩は1934年に朝鮮京城の朝鮮中央日報に連載詩として発表された最初のもの。連載途中で読者と文壇の抗議で中断されたそうです。しかしそれでも、植民地下の朝鮮の朝鮮語の新聞にこんなにシュールな詩が掲載されたということに驚きを禁じ得ません。この詩が掲載されたのが1934年7月28日号だったそうですが、夏の韓国の暑さ、空の高さを知っている方には分かって頂けると思います。白い民族服を着てパナマ帽みたいな帽子をかぶった朝鮮の男たちが木陰の縁台に坐って煙管を燻らせ、眉をしかめながら「鳥瞰図」を読んでいる図というのはなんか麗しく切なく胸に迫るものがあります。

李箱は難解な詩を書く異常な天才みたいな言い方をされることが多いのですが、こんな詩を書いて大部数の日刊紙に載せる事自体でやはりちょっと異常天才かも知れませんね。

詩の読み・解釈はおまかせするしかありませんが、日本のモダニスム、シュルレアリスム系の詩人でもこんなに鮮烈、難解なイメージの詩を書いた詩人はいないと思います。

十三人ノ子供ガ道路ヲ疾走スル
（路ハ行止マリノ袋小路ガ適當デアル）

（路ハ　抜ケ道デモ　カマハナイ。）
十三人ノ子供ガ　道路ヲ疾走シナクテモカマワナイ。

最初の行と最後の行です。そのあいだにはずっと「怖イトイフ子供と、怖イ子供と、怖ガル子供」がいるだけです。ここに引用した日本語詩は李箱の原文を金素雲が翻訳して、昭和十八年東京の「興風館」から出版した『朝鮮詩集 中期』に収録されたものです。ちなみに第一ノ子供の「怖い」に振られたルビは「オッカイ」になっています。すると全編通して、怖いは「こわい」でも「おっかない」でもなく「オッカイこども」ということになります。「おっかい」は北海道、甲州などで使われていた方言のようですが、誤植でなければ、訳者の金素雲が日本の方言にも通じていたことにもなりますね。さすが北原白秋門下の金素雲の語法には唸らされます。オッカイ子供、ちょっと奇妙な語感ですが面白い！
この詩を植民地下の詩人の孤独と不安な心情のあらわれと読むことも可能でしょうが、24才の才気が日本や朝鮮だけでなく、既にダダイズムやシュルレアリスムの洗礼を受けている詩の世界に鋭い匕首を突きつけたのではないかと思ったりもします。

この詩が書かれた1934年、中原中也はどんな詩を書いていたのでしょう。
中也の最初の詩集『山羊の歌』は1934年に刊行されていますが、収録された詩はすべて1933年以前に書かれたものです。没後の1938年に刊行された『在りし日の歌』のなかから1934年に書かれた「骨」というよく知られた詩を全文引用しておきます。

ホラホラ、これが僕の骨だ、
生きてゐた時の苦労にみちた
あのけがらはしい肉を破って、
しらじらと雨に洗はれ
ヌックと出た、骨の尖（さき）。

それは光澤もない、

ただいたづらにしらじらと、
雨を呼吸する、
風に吹かれる、
幾分空を呼吸する。

生きてゐた時に、
これが食堂の雑踏の中に、
坐つてゐたこともある、
みつばのおしたしを食つたこともある、
と思へばなんとも可笑(をか)しい。

ホラホラ、これが僕の骨――
見てゐるのは僕？　可笑しなことだ。
霊魂はあとに残つて、
また骨の處にやつて来て、
見ているのかしら？

故郷(ふるさと)の小川のへりに

半ば枯れた草に立って
見ているのは、——僕？
恰度立札ほどの高さに、
骨はしらじらととんがってゐる。

四半世紀ぶりでしみじみと読んでみたけど、いい詩だなあ、と思います。中也はすでに27才、同じ年には「汚れっちまった悲しみに」を発表、ランボーの詩や書簡をさかんに訳出し、長男文也もこの年に生まれました。詩の好きな若者なら必ずこころの中で唱和したことのあるフレーズ、「ホラホラ、これが僕の骨——」死への畏れと憧れなのか、あるいは人間存在の卑小さへの韜晦か、いやいや不思議なことにここにあるのはいつのことかはわからない自分の死へのあらかじめ用意された郷愁のような気がします。中原中也の詩にはそんな感じの詩が多いのでは、と思います。そこらへん、朝鮮の詩人・李箱も似たような感慨をいだかせるのです。

李箱が東京に来てから書いた作品はいくつかありますが、ここに引用する「終生記」は李箱が死の直前に朝鮮の「朝光」という雑誌に投稿したものです。25才にして死期を悟ったような李箱自身がある少女への異様な愛と死への省察を語る短編小説です。李箱の文体の妖しい魅力が溢れているこの作品のなかから最後の十数行を引用させてもらいます。

しかし今私は、この天にも徹する怨恨からそっと立ち退きたい。かつての平穏な日々が恋しくなった。

すなわち私は死体である。死体は生存していらっしゃる万物の霊長に向かって嫉妬する資格も能力もないのだということを私は悟る。

貞姫(ジョンヒ)、ときには貞姫の温かな吐息が私の墓碑にそっと触れるかもしれない。そんなとき、私の死体は人参のようにかっと火照りながら、九天を貫かんばかりに慟哭する。

その間に貞姫は何回か私の(私の垢の付いた)蒲団を燦爛たる日光のもとに干したことだろう。延々と続くこの私の昏睡のために、どうかこの私の死体からも生前の悲しい記憶が蒼穹高くふわふわと飛んでいってしまえば——

私は今こんな惨めな考えもする。それでは——

——満二十六歳と三ヶ月を迎える李箱先生よ!傀儡よ!

君は老翁だよ。膝が耳を超える骸骨だよ。いや、いや。

君は君の遠い祖先だよ。　以上

十一月二十日　東京にて

(崔真碩訳)

1936年11月20日に東京で書かれたこの作品は、翌年4月に死んだ李箱の遺作のひとつとして「朝光」という雑誌に掲載されました。

中也の「骨」との類縁を言うのは牽強付会かも知れませんが、僕のなかではふたりはかなり近くに住んでいるのです。

実際はどうだったのだろう？　朝鮮の詩人たちが少数とはいえ日本の詩壇に迎え入れられていたことは、北原白秋が寵愛した金素雲、鄭芝溶ふたりの例を見れば理解できることです。中原中也の文章のなかから朝鮮の詩人たちとの交友を窺い知ることはできませんが、李箱が中也を読んでいたことは確かなことだと思います。銀座や神保町の路地裏のカフェでふたりが視線を交わしたことはあるんじゃないかな、とその場面を空想したりもします。

1935年に中也が書いた「朝鮮女」という詩です。

朝鮮女(をんな)の服の紐
秋の風にや縒(よ)れたらん
街道を往くをりをりは

子供の手をば無理に引き
額顰(しか)めし汝が面(おも)ぞ
肌赤銅の干物にて
なにを思へるその顔ぞ
――まことやわれもうらぶれし
こころに呆け見ゐたりけむ
われを打ち見ていぶかりて
子供うながし去りゆけり……
軽く立ちたる埃かも
何をかわれに思へとや
軽く立ちたる埃かも
何をかわれに思へとや……
…………………………

この詩はどう読めばいいのだろう。
貧しい朝鮮の女がチョゴリを着て幼子の手を引いて歩いている。額には労苦のあとが偲ばれ、肌は日に焼けて干物のようだ。そんな朝鮮女が中也の姿に一瞥を放って、一瞬の交情が成立する。短身痩躯の貧相な詩人、眼光ばかりが鋭い中也を一瞥して去った女のあとに軽く埃がたっていた……「まことやわれもうらぶれし……何をかわれに思へとや……」中也が見た朝鮮女のうしろに東京で死んだ李箱の亡霊を見てしまっては、詩の読み方としては落第かもしれない。だが、1935年、すでに晩年に近い中也が、天性の燦爛たる発光体のような自己を「まことにうらぶれし」と思いなし、貧しく干物のように乾いた、朝鮮の母子像と並置させたこの詩、中也の詩では特別な一編となりました。

1937年2月李箱は、奇異な風体をしているという理由だけで「不逞鮮人」として警察に検挙され、思想犯の嫌疑でほぼ1ヶ月留置されます。その後、持病の結核の悪化のため保釈、帝大付属病院に入院、4月17日逝去、26歳でした。

中原中也は36年11月に最愛の長男文也を失い、次第に精神の平衡を維持し難くなり、37年1月には千葉の寺の療養所に入院。2月退院後には鎌倉に住居を移すが11月22日、結核性脳膜炎にて逝去、30歳でした。

李箱の没後、1943年に日本で刊行された金素雲訳『朝鮮詩集』に掲載された「蜻蛉」という詩を引用します。これは生前の李箱が金素雲に送った日本語による私信を短縮し、詩形を整えたもののようですが、執筆年は未詳です。

觸(さは)れば手の先につきさうな紅い鳳仙花
ひらひらと今にも舞ひ出そうな白い鳳仙花
もう心持ち南を向いてゐる忠義一遍の向日葵――
この花で飾られてゐるといふゴッホの墓は
どんなに美しいでしょうか。

山は晝日中眺めても
時雨れて　濡れて見えます。

ポプラは村の指標のやうに
少しの風にもあのすっきりした長身を
拋物線に曲げながら　眞空のやうに澄んだ空氣の中で
遠景を縮小してゐます。

身も羽も軽々と蜻蛉が飛んでゐます
あれはほんたうに飛んでゐるのでせうか
あれは眞空の中でも飛べさうです

誰かゐて　眼に見えない糸で操ってゐるのではないでせうか。

最後に中原中也が１９３６年に書いた「蜻蛉に寄す」という詩を。

蜻蛉に寄す　　中原中也

あんまり晴れてる　秋の空
赤い蜻蛉が　飛んでゐる
淡い夕陽を　浴びながら
僕は野原に　立ってゐる

遠くに工場の　煙突が
夕陽にかすんで　みえてゐる
大きな溜息　一つついて
僕は蹲んで　石を拾ふ

その石くれの　冷たさが
漸く手中で　ぬくもると
僕は放して　今度は草を
夕陽を浴びてる　草を抜く

抜かれた草は　土の上で
ほのかほのかに　萎えてゆく
遠くに工場の　煙突は
夕陽に霞んで　みえてゐる

李箱の文章、とくに散文は『李箱作品集成』（作品社）で多くを読むことができます。また、李箱作品集『翼』が斎藤真理子の訳により光文社・古典新訳文庫の一冊として刊行されています。金素雲訳『朝鮮詩集』岩波文庫版は今でも入手可能です。

金鍾漢（キムジョンハン）あてどなく逍遥

2019年の夏、酷い暑さのなか、乱雑無秩序な本棚の奥から分厚い本が出てきた。『金鍾漢全集』（緑陰書房2005年初版）、総ページ数866の辞書のような大冊だ。買った覚えもたしかではなく、大泉学園の「ポラン書房」で手にとったものだろう。5年ほど前のことか。定価7000円となっているが、かなり安くなってなければ買うことがなかったかも知れない、たぶん同時に求めたものだろう、姜舜詩集『断章』にポラン書房の価格表がはさまっていた。ちなみに『断章』は詩人の故・木島始さんへのサイン入り贈呈本、姜舜さんの木島さんへの私信も折り込まれ、本の末尾には木島さんの鉛筆によるメモも残されていた。『断章』はとっくに鬼籍に入られた日韓の詩人のささやかな交流の跡が偲ばれる一書で、『金鍾漢全集』とともにポラン書房、ありがとう！

金鍾漢は1914年2月28日朝鮮北部威鏡北道明川郡に生まれ、急性肺炎により1944年9月27日31歳にしてソウルで死んだ韓国の詩人。その夏はじめて読んでみて、詩人としての水位の高さ、言葉の美しさは、時代の中で後に親日派と断罪されざるを得なかった詩のいくつかを読んでも揺るぎないものと感じながら、じんわり「切ないな」という感情が襲って、ページを括る手がたびたび止まった。

この全集には金鍾漢の詩だけではなく、白石（ペクソク）や鄭芝溶（チョンジヨン）など時代を代表する詩の翻訳アンソロジーである『雪白集』、評論、随筆、座談会、その他、金鍾漢の文章のほとんどが収められている。重複されて収録されている作品も多いが、すべてが発表当時の印刷物の復刻、「陰影版」であるため、解放を待たずに死んだ詩人の繊細複雑な内奥がそのまま封印されて、古びない古色を帯びている。

僕は韓国の詩に関心のある一読者として、この一冊をどう読んだか、860余ページのなかを行きつ戻りつどう逍遥したかを、植民地朝鮮の国語＝日本語による作品を引用しながら記してみたい。もとより、韓国語の読み書きもゼロに近く、親日派文学論などに触れるつもりも力量もない。この拙文を読んで金鍾漢に関心をもっていただいた方、この全集の編者である藤石貴代、大村益夫の論考、あるいは川村湊の『〈酔いどれ船〉の青春』にあたっていただければと思う。僕はただ、植民地時代に朝鮮の詩人が書いた日本語詩と日本語に翻訳された詩の幾つかを読みながら、時代の狭間で優れた朝鮮の詩人がどんな詩を書いたのか、胸打たれるようなその詩の幾つかから、なにを受け取ったのか、できるだけ低い目線で書き進めてみたい。

はじめに金鍾漢の日本語翻訳詩集『雪白集』より、白石の「操塘にて」全文を引用させていただく。何度読んでも、陶然とするほどの詩的感興が襲って来る。

操塘にて　白石(ペクソク)

私は支那のヒトたちとともに　風呂につかってゐる
殷とか　商とか　越とかいふ
むづかしい名前の國の後裔たちとともに
ひとつの浴槽(ゆぶね)のなかにひだってゐる
おたがひに　ことなるふるさとを持ちながら
すっぱだかになつて　湯のなかで温まつてゐるのは
代々の祖先たちも知りあふはずはなく
言葉もちがひ　衣食もまちまちでありながら
かうして　ひとつの湯水(ゆみづ)で體を流してゐるのは
わびしくも　うれしいことである
この異邦人(とつくにびと)たちは　みなのつぺりした廣い額をもち
眼はどす黒く濁ってはゐるが
つるつるした　毛のない長い臑(すね)が
むしやうになつかしくてならないのだ
さて　あちらの隅の木臺(きたい)になかば臥(ね)そべつて

ゆふぐれの光に見入りながら　なにか考へてゐる首の長い仁は
陶淵明を思ひ出させるし
また　こちらの熱い湯に飛び入りながら
水鳥のやうな鋭い聲を出す　痩(やせ)つぽちの青白い仁は
揚子といふ人を思ひださせる
私はいま　晉とか　衛とかいふ古い邦(くに)にきて
私の好きな人たちに會つてゐるような氣がする
いづれにしても　私のこころはうれしいし
また　いささか怖(こわ)くもさみしくもある
しかるに　この殷とか　商とか　越とか
衛とか　晉とかいふ邦(くに)の人たちの後裔は
なんと落着いて　のんびりしてゐることだらう
熱い湯につかることも　垢をおとすことも忘れて
自分の臍(ほぞ)に見入つてゐたり　人の顔を眺めたりしながら
おそらく　燕の唾液(つばき)からできるといふ燕巣湯の風味や
また　どこかの娘の器量でも思ひだしてゐるのだらう
かくも　のんびりとしてゐて　しかも
ほんとに生命や人生を愛することを知る

その悠久にして深遠なこころが　うらやましいのだ
そしてまた　おたがひに異なるふるさとを持ちながら
子供でもあるまいし　すつぱだかになつてゐるのは
なんだか　ほほゑましく　わびしくて仕方がないのだ

『雪白集』所収　金鍾漢訳

操塘にてと題された詩であるが、ここにある心おどるような微笑ましさ、わびしさ、懐かしさ、僕にはすべてを抱きとめて、はるか時をこえた友愛の歌が小さくうたわれているような感慨が湧いてくる。もちろん、この浴槽（ゆぶね）のなかに日本人の影はないのだが。

この詩の背景を金鍾漢が解説しているのを読むと、この詩の微笑ましい抒情と見える裏側には植民地朝鮮の農業政策の行き詰まりから、大陸への農業再編成を余儀なくされて、満州へ渡った半島の人々の生活があったようだ。白石もこのような一群のひとりであったのか。「操塘にて」の操塘が満州の地名なのか推察するしかないが、操塘の温泉場か共同浴場の浴槽で出自と言葉の異なる大陸の人々と同じ湯水をあびて、悠久の時間のなかの彼我を望見している心情がまた迫って来たりもするのである。そこには陶淵明だけでなく、杜甫、李白につらなる風貌を喚起させられて、茫茫たる思いを抱く詩人・白石がいただろう。

熱い湯につかることも　垢をおとすことも忘れて
自分の臍(ほぞ)に見入つてゐたり　人の顔を眺めたりしながら
おそらく　燕の唾液(つばき)からできるといふ燕巣湯の風味や
また　どこかの娘の器量でも思ひだしてゐるのだらう

その浴槽に僕も入っていたかった。涙が出るほど好きな部分だ。金鍾漢は「半島人のひねくれがちな性情も、一朝すっぱだかになるとかくも胴まわりの大きさを示しうるといふ點だけは認められる」と述べている。金鍾漢は他にも白石の詩をいくつも日本語に移しているが、「杜甫や李白の如く」、「南瓜の種」など朝鮮の詩心のゆたかさが偽りなく伝わる詩を読むことが出来る。植民地時代の晩期、満州に渡った詩人・白石が朝鮮語で書いた詩を、同じく朝鮮の詩人・金鍾漢が日本語に翻訳し、それを70年以上経ったいま、東京の初老の男が感嘆しながら読んでいる。親しかった詩人・清水昶なら、杯を交わしながら「南くん、人生茫茫だあ」と流してくれるだろう。

1943年に朝鮮に徴兵制が敷かれた前後の金鍾漢の詩や発言に対して、「親日派」としての論難が多かったのは十分理解できるが、僕には詩人の感性も言葉も一気に国体護持に染まっていったとはとても思えない。詩人としての懊悩は身を切るより辛かったに違いなく、植民地下の若い詩人の、創造的断念ともいうべき、夜毎握られる拳の圧力、手のひらに刻まれたであろう爪の跡を思う。

やがて南十字星の海洋へ征くことになるだろう、愛する弟への思いを書いた「海洋創世」という作品は、時代の奔流のなか、精一杯自分の脚で踏ん張って言葉を紡いだ金鍾漢の詩作品として、まぎれもない気品を保っているように思う。

海洋創世　　金鍾漢

あの日から
海は私たちのものとなった
私たちは海のものとなった

路をあるいてゐても
ポプラのこずゑに潮騒(しおさゐ)を見た

南瓜汁(かぼちゃじる)を吸うてゐても
そのなかに　海鳴りをきいた

龍巻のはなし
月夜にたつてふ白い虹
いもうとの染指鳳仙花(せんしほうせんくわ)にも
うねりの言葉が刺繍(ぬひと)られていつた

らいねんが適齢のおとうとには
陽射しの明るさが眼にしみるらしい
石垣に蝦夷菊(えぞぎく)の影がゆれ
蝶々が青瓦の屋根を飛びこえる

あの日から
海は私たちのものとなつた
私たちは海のものとなつた

山里なので

馬鈴薯（じやがいも）ばかり喰べて大きくなつた
私たちの大好きな明太魚商（めんたいうり）も
峠路（たうげみち）十五里を越えてくる

いもうとよ
またいとこよ
おとうとよ

こよひ　納屋の壁に夕顔（ぱこち）が咲いたら
十ねんわかくなつて　にいさんも
盲目（めしひ）の祖母に南十字星を語らう

この日から　私たちが
海に召されたあの日から
海は私たちのものとなつた
私たちは海のものとなつた

1943・9『文藝』

一枝について　金鍾漢

年おいた山梨の木に　年おいた園丁は
林檎の嫩枝(わかえだ)を接木した
研ぎすまされたナイフをいて
うそさむい　瑠璃色の空に紫煙(けむり)を流した
そんなことが　出来るのでせうか
やをら　園丁の妻は首をかしげた

やがて　躑躅(つつじ)が賣笑した
やがて　柳が淫蕩した
年おいた山梨の木にも　申譯のやうに
二輪半の林檎が咲いた
そんなことも　出来るのですね
園丁の妻も　はじめて笑った

そして　柳は失戀した
そして　躑躅(つつじ)は老いぼれた
私が　死んでしまった頃には
年おいた園丁は考へた
この枝にも　林檎が實(な)るだらう
そして　私が忘られる頃には

なるほど　園丁は死んでしまった
なるほど　園丁は忘られてしまった
年おいた山梨の木には　思出のやうに
林檎の頰っぺたが　たわわに光った
そんなことも　出来るのですね
園丁の妻も　今は亡(な)かった

『たらちねのうた』所収、後に「園丁」と改題される。

この詩は戦後、金鍾漢が親日派の詩人であったことを証す作品として広く指弾されることになったようだが、僕にはそれだけの作品だったのか疑問だ。金鍾漢は植民地下の慎ましい老夫婦の微笑ましい心的情景に寄り添い、あえて内鮮一体の時流に沿ったような詩を書いたのではないだろうか。日本という年老いた山梨の木にまだ嫩い朝鮮の林檎の枝を接木したら、翌年小さな林檎の花が咲いた、年老いた園丁とそれを見て「そんなことも出来るのですね」と言った妻もいまは亡くなっている。この詩を読んで、日本の植民地支配の未来を称揚したと読むのはやさしいことだろう。古い日本の山梨に若い朝鮮の林檎を接ぎ木すると、おや、ささやかな林檎の花が咲いた。そこに内鮮一体の明るい未来が見えるというのだ。そんな見方で終わってはこのふくよかな詩が可哀相じゃないですか。肝心なのは、年老いた山梨の木に、思ひ出のやうに林檎の頬っぺたがたわわに光ったというその二行にあるのだと思う。あえて言えば時代を越えて花咲く朝鮮の林檎の花＝妻への慈しみだろう。そして、金鍾漢は遠くない未来の半島を見ている。たしかに金鍾漢は植民地下末期の朝鮮で、翼賛的な雑誌の編集長になり日本の国体の護持礼賛の発言もしている。僕は当時の朝鮮知識人のほとんどがそうであったことを擁護も非難も出来ない。金鍾漢のような詩心をもった詩人が生きること、その困難さを思い、次のような詩を読むと、静かに胸迫るものを感じてしまうのだ。

幼年　金鍾漢

ひるさがり
とある大門のそとで　ひとりの坊やが
グライダアを飛ばしてゐた
それが五月の八日であり
この半島に　徴兵のきまつた日であることを
知らないらしかつた　ひたすら
エルロンの糸を捲いてゐた

やがて　十ねんが流れるだらう
すると　かれは戦闘機に乗組むにちがひない
空のきざはしを　――坊やは
ゆんべの夢のなかで　昇つていつた
絵本で見たよりも美しかつたので
あんまり高く飛びすぎたので
青空のなかで　寝小便（おねしょ）した

ひるさがり
とある大門のそとで　ひとりの詩人が
坊やのグライダアを眺めていた
それが五月の八日であり
この半島に　徴兵のきまつた日だったので
かれは笑ふことができなかつた
グライダアは　かれの眼鏡を嘲つて
光にぬれて　青瓦の屋根を越えていつた

『雪白集』所収

朝鮮に日本の軍隊への徴兵が施行された1943年5月8日。この日のソウルの街角のなにげない情景。坊やが嬉しそうに飛ばしているグライダーに、その10年後日本の戦闘機に乗っている青年になった坊やの姿をかさねて、詩人は語る言葉もなく見つめるばかりだった。その翌年には詩人は肺炎で死に、その翌年には朝鮮は解放され、坊やは戦闘機には乗らずに済んだ。そしてここに残された詩は、朝鮮に徴兵制が敷かれ日のかなしさ、青年詩人といたいけな坊やとの交情だ。金鍾漢は朝鮮に徴兵制が敷かれたその日の京城の街角の情景を、永遠の風景画として定着させた、胸に刻まれ、忘れることの出来ない一篇だ。

百濟古甕賦　金鍾漢

美はむしろ
放牧されてあるべきもの
とぼけたやうな
ぶきっちょな甕のなかに
はふりだされたやうに
描かれたもののかたちよ
乳くさい
音樂をはらみ
疲れては
白馬江にゆあみして
阿呆のやうに午睡したであらう
百濟の陶工たち

ただ素朴な茶碗作りの百済の陶工への共感は、土を捏ねることが喜びのひとつである僕の共感と繋がっている。疲れては白馬江にゆあみして、阿呆のように午睡して、ついでに放屁のひとつふたつはかましたであろう百済の陶工。手触りのある器を通して郷愁とあきらめと憧れが等価であるような停止した時の世界がある。この詩は金鍾漢が急逝した1944年9月に「朝光」に掲載されている。

こんなことを想像する。金鍾漢が住んでいたソウル＝京城の鍾路あたりの路地裏、そこは紛れもない朝鮮だ。水たまりをよけて練炭が積まれ、木戸を開ければ油紙を敷いたオンドル部屋、小さな障子の入り窓、軒先にはにんにくや唐辛子がぶら下がっていて、そこかしこでけたたましい喧噪の声が響いている。金鍾漢は退屈な読書にも飽きて部屋を出る、そして横丁を曲がると、そこは日本である。仕立てのいい背広を着て、黒いソフトを被った男が闊歩している鐘路。金鍾漢は朝鮮の家と路地を出て、日本の街を歩いている。そのような時間を歩く金鍾漢、その時代の身体のことを考える。通り過ぎた日本人の後ろ姿に唾を吐こうが、路傍の石を蹴飛ばそうが、彼は後に親日派と指弾される雑誌の編集室に行くだろう。そこで翼賛的な言辞を吐くだろう。

「恨（ハン）」という擦り切れたような言葉を遠くから喚（よ）んでみたくもなるが、ここに想起する僕の情感は「切なさ」以外のなにものでもない。来るべき明るい未来を垣間見ることさえなく、けむりになってしまった金鍾漢の詩と詩心を思いつつ……。

あとがき

『ソノヒトカヘラズ』は、学生時代の私家版はそっと置いて、齢(よわい)かさねての「処女詩集」となります。足早に去っていった友人たちや、なつかしい父母への追慕と幼少期の記憶、実在しない架空の友への思いに導かれ、書き留めたもの、若き日の旅の思い出、好きな音楽、詩や映画から零れ出た物語風の詩文から収めました。言うまでもなく、いつしかソノヒトになる自身への、追意の念も込めてあります。父祖の地である韓国的なイメージを咲かせたいとも考えて来ました。韓国の詩人、李箱(イサン)と中原中也、金鍾漢(キムジョンハン)についてのエッセイは、僕の手に余るものでしたが、詩人と時代の悲劇的な相克のさまに触れ、心に沈潜した思いを刻んでおきたいという思いから収録しました。

詩集タイトルの『ソノヒトカヘラズ』は、まことに僭越ながら西脇順三郎詩集『旅人かへらず』に依っております。

新井高子さんの詩誌『ミて』、さとう三千魚さんのweb詩誌『浜風文庫』、伊東順子・斎藤真理子さん編集の『中くらいの友だち』、『詩とファンタジー』、『デンタルダイヤモンド』並びに、著者による作品集などに掲載したものが含まれています。あらためて感謝申し上げます。初出時から、タイトルを含め、大幅に加筆訂正したものもありますが、初出データ等は記しておりません。刊行の労を執ってくださった七月堂の知念明子さん、装本の井原靖章・由美子夫妻には、息を呑むほどの表紙デザインばかりか、テラコッタ像の密かな画像処理まで、素晴らしい仕事をしていただきました。永きにわたるお付き合い、感謝に堪えません。折りに触れ、親しいご意見を賜った八木忠栄さん、鈴木一民さん、最初の読者として、忌憚ない感想をくれた妻・山田せつ子にも心よりの感謝を捧げます。

南椌椌 *Minami KuuKuu*

一九五〇年八月、韓国人の父と日本人の母のあいだに東京都新宿区で生まれる。少年時代はひたすらサッカー、時々読書に夢中。学生時代は、詩、美術、演劇、とくに舞踏を友として過ごす。六九年、初めて半分の祖国・韓国を訪れ、会えなかった祖父母の墓前で滂沱の涙を流す。七六年、ほぼ一年間欧州各地を旅し、美術館や教会を見て回った。イタリア・アレッツォのピエロ・デラ・フランチェスカの壁画は忘れられない。七七年、舞踏家・山田せつ子と結婚。九二年より椌椌名義でガラス絵による「桃の子供シリーズ」を描き始め、テラコッタによる人像は数千体作っている。日本、韓国で個展多数。絵本に『にこちゃん』(アリス館)、作品集に『桃の楽々』『桃天使さん』(未知谷)、『文舟 還暦少年』『ソシラヌ広場』(私家版)など。二〇一七年「七月堂」より、テラコッタ詩画集『雲知桃天使千体像』を刊行。七八年十月より現在まで、東京吉祥寺にてカレー屋「まめ蔵」を、九〇年五月より二〇〇三年十二月まで、「諸国空想料理店KuuKuu」を経営。

本名は南相吉、みなみしょうきち、ナムサンギルと日韓異なる音を持っている。家族や古い友人は「しょうきち」、1992年以降知り合った人は「くうくうさん」、韓国に行けば「サンギル」と呼ばれる。三つの名前を持っているが、顔はひとつなので、特に煩わしいとは思っていない。

詩集　ソノヒトカヘラズ

著　者　南椌椌　*Minami KuuKuu*

発行日　二〇二四年十一月五日

発行者　後藤聖子

発行所　七月堂
東京都世田谷区豪徳寺一－二－七
電話　〇三－六八〇四－四七八八

装　本　井原靖章＋井原由美子

テラコッタ像制作　南椌椌

テラコッタ写真　添田康平＋南椌椌

印刷・製本　渋谷文泉閣

ISBN 978-4-87944-589-6 C0092